Um presente de Natal

Outras obras da autora publicadas pela Editora Record

A filhinha do papai
Alguém espia nas trevas
Na rua em que você mora
Noite feliz (com Carol Higgins Clark)
Perigo no hospital
Pela segunda vez

MARY HIGGINS CLARK
&
CAROL HIGGINS CLARK

Um presente de Natal

Tradução de
CÁSSIA ZANON

EDITORA RECORD
RIO DE JANEIRO • SÃO PAULO
2006

CIP-Brasil. Catalogação-na-fonte
Sindicato Nacional dos Editores de Livros, RJ.

Clark, Mary Higgins, 1929-
C544p Um presente de Natal / Mary Higgins Clark, Carol Higgins Clark; tradução de Cássia Zanon. – Rio de Janeiro: Record, 2006.

Tradução de: He sees you when you're sleeping
ISBN 85-01-07313-X

1. Romance americano. I. Clark, Carol Higgins, 1956-. II. Zanon, Cássia, 1974-. III. Título.

CDD – 813
06-3534 CDU – 821.111(73)-3

Título original norte-americano:
HE SEES YOU WHEN YOU'RE SLEEPING

Impresso no Brasil

ISBN 85-01-07313-X

PEDIDOS PELO REEMBOLSO POSTAL
Caixa Postal 23.052
Rio de Janeiro, RJ – 20922-970

EDITORA AFILIADA

Agradecimentos

Agradecemos profundamente:

Aos nossos editores, Michael Korda, Chuck Adams e Roz Lippel.

À nossa relações-públicas, Lisl Cade.

Aos nossos agentes, Gene Winick, Sam Pinkus e Nick Ellison.

Aos nossos revisores, o Diretor Associado de Edição

Gypsy da Silva e a editora Carol Catt.

Aos nossos portos seguros em casa, John Conheeney, Irene Clark, Agnes Newton e Nadine Petry.

E, claro, a vocês, nossos leitores.

Que Deus abençoe a todos.

Dedicamos este livro aos que morreram vítimas da tragédia do 11 de setembro de 2001, aos familiares e amigos que os amavam e a todos os que arriscaram as próprias vidas para ajudá-los.

Não há nada pior do que ouvir os sons dos preparativos de uma grande festa para a qual não se foi convidado. E é ainda pior quando o evento está sendo organizado no céu, pensou Sterling Brooks. Fazia 46 anos terrestres que ele estava detido na sala de espera celestial, localizada do lado de fora dos portões do paraíso. Agora podia ouvir o coral celestial repassando as canções que iriam dar início à celebração da véspera de Natal.

"Hark, the herald angels sing..."*

Sterling suspirou. Sempre adorara essa música. Mexeu-se na cadeira e olhou em volta. Fileiras de bancos estavam cheias de pessoas esperando para serem chamadas diante do Conselho Celestial. Pessoas que precisavam responder por certas coisas que haviam feito — ou não — durante a vida, antes de serem aceitas no paraíso.

Sterling estava ali fazia mais tempo do que todo mundo. Sentia-se como a criança que a mãe tinha esquecido de buscar na escola. Normalmente conseguia manter uma expressão alegre, mas ultimamente vinha se sentindo cada vez mais desolado. Do lugar onde ficava, ao lado da janela, tinha visto muitas

---

*Ouçam, cantam os anjos da anunciação... (*N. da T.*)

pessoas que conhecera na Terra passarem zunindo ao longo dos anos numa viagem direta para o céu. Às vezes ficava chocado e um pouco irritado quando alguns deles não precisavam passar algum tempo na sala de espera celestial. Até mesmo o cara que sonegava imposto de renda e mentia sobre a pontuação no golfe havia voado alegremente pela ponte que separava a sala dos portões do paraíso.

Mas fora a visão de Annie que partira seu coração. Havia umas duas semanas, a mulher que ele amara mas com quem não havia se casado, a mulher que mantivera em suspenso, passara flutuando, tão linda e jovem como no dia em que os dois se conheceram. Ele correu até o balcão de informações e perguntou sobre Annie Mansfield, a alma que tinha acabado de passar voando pela janela de observação. O anjo conferiu no computador e ergueu as sobrancelhas.

— Morreu há alguns minutos, no dia do aniversário de 87 anos. Quando soprava as velas, sentiu uma tontura. Que vida exemplar. Generosa. Nobre. Gentil. Carinhosa.

— Ela chegou a se casar? — perguntou Sterling.

O anjo pressionou algumas teclas e moveu o cursor, como se fosse um atendente de empresa aérea tentando encontrar a confirmação de uma reserva. Franziu o cenho.

— Foi noiva durante muito tempo de um imbecil que a enrolou e ficou arrasada quando ele morreu inesperadamente. O sujeito foi atingido na cabeça por uma bola de golfe. — O anjo movimentou o cursor novamente e olhou para Sterling. — Ah, desculpe. Foi você.

Sterling arrastou-se de volta para o seu lugar. Desde então, pensara muito. Admitiu que havia navegado à deriva por seus 51 anos na Terra, sem jamais assumir qualquer responsabilidade, sempre conseguindo se manter afastado de tudo o que pudesse ser desagradável e preocupante. Reconheceu para si mesmo que adotara o lema de Scarlett O'Hara: "Pensarei nisso amanhã."

A única vez que Sterling lembrava de ter sentido uma ansiedade prolongada foi quando esteve na lista de espera para a Universidade Brown. Todos os seus amigos do internato receberam envelopes grossos das faculdades que haviam escolhido, dando-lhes as boas-vindas ao campus e encorajando-os a enviarem os cheques imediatamente. Só alguns dias antes do começo das aulas foi que ele recebeu a ligação de um funcionário do escritório de ingresso da Brown confirmando que havia uma vaga para ele na turma de calouros. O telefonema pôs um fim aos mais longos quatro meses e meio de sua vida.

Sabia que tinha entrado por pouco na Brown, porque, embora fosse abençoado com uma inteligência afiada e excelentes habilidades atléticas de um modo geral, havia simplesmente levado o ensino médio com a barriga.

Foi então dominado por um calafrio de medo. Havia afinal entrado na universidade que queria, mas talvez não fosse ter tanta sorte ali em cima. Até agora, tivera certeza absoluta de que entraria no céu. Então lembrou ao anjo na porta do Conselho Celestial que algumas das pessoas que chegaram depois dele haviam sido chamadas e sugeriu que talvez ele tivesse sido ignorado por engano. Educadamente, porém com firmeza, o anjo lhe disse para retornar ao seu lugar.

Ele queria muito estar no céu nesta véspera de Natal. A expressão nos rostos das pessoas que passavam voando pela janela, vendo os portões abertos diante de si, haviam-no enchido de idéias. E agora Annie estava lá.

O anjo na porta pediu a atenção de todos.

— Tenho boas notícias. A anistia de Natal foi concedida às seguintes almas. Vocês não terão de comparecer diante do Conselho Celestial. Deverão seguir diretamente pela porta de saída à direita que leva até a ponte celestial. Levantem-se e formem uma fila ordenadamente quando seus nomes forem chamados... Walter Cummings...

Alguns bancos à frente, Walter, um animado senhor de 90 anos, saltou e bateu os calcanhares.

— Aleluia! — gritou, enquanto corria até a frente do salão.

— Eu disse ordenadamente — censurou o anjo, com uma voz relativamente resignada. — Embora não possa culpá-lo — murmurou, enquanto chamava o próximo nome. — Tito Ortiz...

Tito gritou de alegria e correu pela passagem, logo atrás de Walter.

— Jackie Mills, Dennis Pines, Veronica Murphy, Charlotte Green, Pasquale D'Amato, Winthrop Lloyd III, Charlie Potters, Jacob Weiss, Ten Wyck Elmendorf...

Os nomes continuaram sendo chamados sucessivamente enquanto os bancos esvaziavam.

O anjo terminou de ler a lista e dobrou o papel. Sterling foi o único que restou. Uma lágrima formou-se em seu olho. A sala de espera celestial parecia cavernosa e solitária. Devo ter sido uma pessoa terrível, pensou. Não vou mesmo para o paraíso, afinal.

O anjo largou a lista e começou a caminhar em sua direção. Ah, não, pensou Sterling freneticamente, não me diga que vai me mandar para o outro lugar. Pela primeira vez, ele percebeu como era se sentir completamente indefeso e sem esperança.

— Sterling Brooks — disse o anjo. — Você foi convocado para uma reunião extraordinária do Conselho Celestial. Sigame, por favor.

Um minúsculo suspiro de esperança se agitou em seu ser. Talvez, só talvez, ele ainda tivesse uma chance. Controlandose, levantou-se e seguiu o anjo até a porta da câmara. Com o rosto e a voz cheios de compaixão, o anjo sussurrou "Boa sorte" quando abriu a porta e empurrou Sterling para dentro.

O ambiente não era grande. Estava banhado por uma luz suave e delicada, de um tipo que Sterling jamais havia visto. De alto a baixo a janela oferecia uma incrível vista dos portões do paraíso, e ele se deu conta de que a luz estava se refletindo deles.

Quatro homens e quatro mulheres estavam sentados a uma longa mesa, de frente para ele. Pelas auréolas brilhando sobre suas cabeças, Sterling percebeu imediatamente que eram todos santos, muito embora não os reconhecesse dos vitrais das catedrais que visitara nas suas férias. As roupas que vestiam iam de mantos bíblicos a vestidos do século XX. Com o conhecimento comum que já lhe era íntimo, Sterling compreendeu que eles usavam as vestimentas típicas dos períodos nos quais haviam vivido. O homem na ponta, um monge de expressão severa, deu início aos procedimentos.

— Sente-se, Sterling. Temos um assunto desagradável para tratar com você.

Sterling sentou-se, absolutamente consciente de que todos os olhares estavam voltados para ele.

Uma das mulheres, usando um elegante vestido de veludo vermelho e uma tiara, disse, numa voz elaborada:

— Você teve uma vida fácil, não foi, Sterling?

Parece que você também, pensou Sterling, segurando a língua. Assentiu mansamente.

— Sim, senhora.

O monge olhou com severidade para ele.

— Inquieta é a cabeça que porta uma coroa. Sua majestade fez muito bem para seus súditos.

Meu Deus, eles podem ler os meus pensamentos, percebeu Sterling, começando a tremer.

— Mas você nunca fez qualquer esforço por ninguém — prosseguiu a rainha.

— Você foi um amigo só de horas boas — disse um homem com roupas de pastor, no segundo lugar à direita.

— Passivo-agressivo — declarou um jovem toureiro, puxando um fio da ponta de sua capa vermelha.

— O que isso significa? — perguntou Sterling, assustado.

— Ah, perdão. Essa expressão terrena entrou em uso depois do seu tempo. É muito usada hoje, acredite.

— Ela cobre uma infinidade de pecados — murmurou uma linda mulher que lembrou a Sterling os retratos que vira de Pocahontas.

— Agressivo? — perguntou Sterling. Eu nunca perdi a calma. Jamais.

— Ser passivo-agressivo é diferente. Você magoa as pessoas ao não fazer coisas. E por fazer promessas que não tem intenção de cumprir.

— Você era autocentrado — disse uma freira com jeito doce, na outra ponta da mesa. — Era um bom advogado imobiliário, que resolvia problemas para os ultra-ricos, mas nunca doou nada da sua qualificação para o pobre desafortunado que estava perdendo a casa ou a loja. Pior ainda, chegou a pensar em ajudar de vez em quando, mas acabou resolvendo não se envolver. — A freirinha sacudiu a cabeça. — Você foi muito cuca-fresca.

— Do tipo que pulava no primeiro bote salva-vidas quando o navio estava afundando — disse asperamente um santo num uniforme de almirante britânico. — Por Deus, um mal-educado. Ora, você nunca foi capaz sequer de ajudar uma velhinha a atravessar a rua.

— Eu nunca vi uma velhinha precisando de ajuda na vida!

— Em resumo, é exatamente isso — disseram todos em uníssono. — Você era presunçoso e autocentrado demais para realmente notar o que estava acontecendo ao seu redor.

— Sinto muito — disse Sterling humildemente. — Eu achava que era um cara bem legal. Nunca tive a intenção de machucar ninguém. Tem alguma coisa que eu possa fazer para compensar?

Os membros do conselho se entreolharam.

— Como eu posso ter sido tão ruim? — gritou Sterling. Apontou na direção da sala de espera. — Durante todo esse tempo, conversei com muitas das almas que passaram por aqui. Nenhuma era exatamente santa! Aliás, eu vi alguém que sonegava imposto ir direto para o céu. Vocês não devem tê-lo visto!

Todos riram.

— Você está absolutamente certo. Estávamos tomando um café. Mas, por outro lado, ele doou muito desse dinheiro para obras beneficentes.

— E os jogos de golfe? — perguntou Sterling, ansioso. — Eu nunca na vida trapaceei como ele. E fui atingido na cabeça por uma bola de golfe. Quando estava morrendo, perdoei o cara que me atingiu. Nem todo mundo seria assim tão legal.

Os santos o encararam enquanto sua mente se enchia de imagens de todas as vezes na vida em que havia decepcionado alguém. Annie. Ele era egoísta demais para se casar com ela, mas sempre a mantivera com esperanças, porque não queria perdê-la. Depois que ele morreu, tinha ficado tarde demais para ela ter a família com que sempre havia sonhado. E agora ela estava no céu. Ele precisava vê-la novamente.

Estava se sentindo miserável. Precisava saber qual seria o seu destino.

— O que vocês me dizem? — perguntou. — Algum dia eu irei para o céu?

— Engraçado você fazer essa pergunta — respondeu o monge. — Discutimos seu caso e decidimos que você parece ser o candidato adequado para uma experiência que estamos desenvolvendo já há algum tempo.

Sterling ficou mais atento. Nem tudo estava perdido.

— Adoro experiências — disse, entusiasmado. — Estou totalmente à disposição. Podem me testar. Quando começamos? — Percebeu que estava começando a falar feito um imbecil.

— Sterling, fique em silêncio e escute. Você será enviado de volta à Terra. Terá de reconhecer uma pessoa com um problema e ajudá-la a resolvê-lo.

— Enviado de volta à Terra! — Sterling ficou em estado de choque.

As oito cabeças assentiram ao mesmo tempo.

— Por quanto tempo?

— O tempo que levar para resolver o problema.

— Isso significa que se eu fizer um bom trabalho terei permissão para entrar no céu? Adoraria estar lá para o Natal.

Todos pareceram estar se divertindo.

— Vamos com calma — disse o monge. — No jargão atual, você precisa acumular muita milhagem antes de conquistar residência permanente do lado de lá daqueles portões sagrados. No entanto, se cumprir a sua tarefa satisfatoriamente até a véspera do Natal, receberá um passe para uma visita de 24 horas.

Sterling sentiu o coração afundar um pouco. Ah, bom, pensou. Toda longa jornada começa com um pequeno passo.

— É bom você se lembrar disso — preveniu a rainha.

Sterling piscou. Precisava lembrar que eles podiam ler seus pensamentos.

— Como vou saber quem eu devo ajudar? — perguntou.

— Isto faz parte do objetivo da experiência. Você terá que aprender a reconhecer as necessidades das pessoas e a tomar uma atitude em relação a elas — disse uma jovem negra vestindo roupa de enfermeira.

— Terei alguma ajuda? Quer dizer, haverá alguém com quem eu possa conversar se não tiver certeza sobre o que fazer? Farei qualquer coisa para cumprir a tarefa direito, vocês sabem.

Estou tagarelando de novo, pensou.

— Você terá liberdade de se consultar conosco a qualquer momento — assegurou-lhe o almirante.

— Quando começo?

O monge apertou um botão na mesa do conselho.

— Imediatamente.

Sterling sentiu um alçapão se abrir sob seus pés. Em um instante, estava voando pelas estrelas, ao redor da lua, através das nuvens. Então, de repente, passou zunindo por uma alta e brilhantemente iluminada árvore de Natal. Seus pés tocaram a terra.

— Meu Deus — suspirou Sterling. — Estou no Rockefeller Center.

O cabelo escuro de Marissa caía sobre seus ombros enquanto ela girava pela pista do Rockefeller Center. Ela fazia aulas de patinação no gelo desde os três anos. Agora, aos sete, patinar lhe era tão natural como respirar. Ultimamente, era a única coisa que aliviava a dor que tomava conta de seu peito e sua garganta.

A música mudou, e, sem pensar, ela se adaptou ao ritmo novo, mais suave, uma valsa. Por um instante, fingiu que estava com o Papai. Era quase capaz de sentir a mão dele presa à sua, quase conseguira ver a NorNor, a avó, sorrindo para ela.

Então lembrou que na verdade não queria patinar com o Papai e nem falar com ele, ou com a NorNor. Os dois haviam ido embora, sem sequer lhe dar adeus. Na primeira porção de vezes que os dois ligaram, ela apelara para que eles voltassem ou deixassem que ela os visitasse, mas os dois disseram que isso seria impossível. Agora, quando ligavam, ela não queria falar com eles.

Não tinha importância, dizia a si mesma.

Ainda assim, fechava os olhos sempre que por acaso passava de carro diante do restaurante da NorNor. Doía lembrar como era divertido ir até lá com o Papai. O lugar estava sempre lotado, às vezes a NorNor tocava piano, e as pessoas sempre pediam ao Papai que cantasse. Às vezes, levavam o CD dele e pediam que ele assinasse na capa.

Agora ela não ia mais lá. Tinha ouvido a Mamãe dizer ao Roy — o marido que a Mamãe tinha agora — que, sem a NorNor, o restaurante estava passando por dificuldades e provavelmente teria que fechar em breve.

No que o Papai e a NorNor estavam pensando quando foram embora?, perguntou-se Marissa. A NorNor sempre dizia que, se ela não estivesse lá todas as noites, o restaurante iria falir.

— É a minha sala de estar — dizia a Marissa. — A gente não convida pessoas para a nossa casa se a gente não vai estar lá.

Se a NorNor amava tanto o restaurante, por que tinha ido embora? E se o Papai e a NorNor a amavam mesmo como diziam, por que a deixaram para trás?

Já fazia quase um ano que ela não os via. A véspera do Natal era seu aniversário. Ela ia fazer oito anos. E embora ainda estivesse muito brava com eles, havia prometido a Deus que, se a campainha tocasse na véspera do Natal e os dois estivessem na porta, ela nunca seria má com ninguém pelo resto da vida e ajudaria a Mamãe com os bebês e não faria mais cara de tédio quando Roy lhe contasse as mesmas histórias idiotas sem parar. Se ajudasse, ela prometeria até mesmo nunca mais patinar pelo resto da vida, mas sabia que era uma promessa que o Papai não gostaria que ela fizesse, porque, se ele algum dia realmente voltasse, iria querer levá-la para patinar.

A música parou, e a professora de patinação, a Srta. Carr, que havia levado 12 alunos até o Rockefeller Center como presente de fim de ano, fez um sinal informando que estava na hora de irem embora. Marissa fez uma última pirueta antes de se dirigir para a saída. No instante em que começou a desamarrar os cadarços, a dor voltou. Pôde senti-la crescendo em volta do coração, tomando conta do peito e subindo como uma maré pela garganta. Mas, ainda que tenha sido difícil, conseguiu evitar que a dor pressionasse seus olhos.

— Você é uma excelente patinadora — disse uma das atendentes. — Será uma estrela como Tara Lipinski quando crescer.

NorNor dizia isso o tempo todo. Antes que conseguisse se controlar, Marissa sentiu a visão começar a enuviar. Quando virou a cabeça para que a atendente não visse que estava quase chorando, olhou bem nos olhos de um homem que estava parado de pé na cerca em torno da pista. Ele usava um chapéu e um casaco esquisitos, mas tinha um rosto simpático e estava sorrindo para ela.

— Vamos lá, Marissa — chamou a Srta. Carr. Ao ouvir o tom levemente irritado na voz da professora, ela saiu correndo para alcançar as outras crianças.

— Parece familiar, mas, ainda assim, muito diferente — murmurou Sterling para si mesmo enquanto olhava ao redor no Rockefeller Center. Para começar, estava muito mais lotado do que da última vez em que estivera ali. Cada centímetro de espaço parecia preenchido por alguém. Alguns carregavam sacolas de compras cheias de presentes, apressados, enquanto outros admiravam a grande árvore.

Aquela árvore parecia mais alta do que a última que havia visto ali — 46 anos antes — e tinha muito mais luzes do que ele lembrava. Era magnífica, mas muito diferente da luz sobrenatural que havia presenciado na sala de reuniões celestial.

Muito embora tivesse se criado na esquina da Rua Setenta com a Quinta Avenida e tivesse morado quase toda a vida em Manhattan, foi dominado por uma súbita saudade da vida celestial. Precisava encontrar a pessoa que devia ajudar, para poder cumprir sua missão.

Duas crianças pequenas correram em sua direção. Ele deu um passo para o lado a fim de evitar que batessem nele e percebeu que havia esbarrado numa mulher que admirava a árvore.

— Perdão — disse ele. — Espero não tê-la machucado. — Ela não olhou para ele nem deu sinal de ter ouvido alguma coisa do que ele dissera ou de ter sequer sentido o esbarrão.

Ela não sabe que estou aqui, percebeu Sterling. Teve então um instante de desânimo total. Como vou poder ajudar alguém se ninguém consegue me ver ou ouvir? perguntou-se. O conselho realmente me deixou sozinho numa situação de tudo ou nada.

Sterling olhou nos rostos dos passantes. Todos conversavam entre si, rindo, carregando pacotes, apontando para a árvore. Ninguém parecia enfrentar qualquer tipo de problema. Pensou naquilo que o almirante dissera, sobre ele não ter ajudado uma velhinha a atravessar a rua. Talvez devesse tentar encontrar uma agora.

Caminhou rapidamente em direção à Quinta Avenida e ficou pasmo com o volume de trânsito que viu. Passou por uma vitrine e parou, surpreso ao se ver encarando o próprio reflexo. Os outros não podiam vê-lo, mas ele podia ver a si mesmo. Examinou a imagem no espelho. Nada mau, cara, pensou, admirado. Era a primeira vez que via seu reflexo desde aquela manhã fatídica em que saíra de casa a caminho do campo de golfe. Notou o cabelo grisalho, com entradas começando a aparecer, os traços meio angulares, o corpo magro e forte. Estava vestindo suas roupas de inverno: casaco azul-escuro com gola de veludo, o chapéu preferido, um Homburg de feltro cinza, e luvas de pelica também cinza. Depois de reparar no que as outras pessoas estavam usando, percebeu que as suas roupas deviam ter saído de moda.

Se pudessem me ver, imaginariam que estou arrumado para uma festa a fantasia, concluiu.

Na Quinta Avenida, olhou para Uptown. Seu melhor amigo trabalhava na American President Lines. O escritório não estava mais lá. Ele percebeu que muitas das lojas e empresas de que se lembrava haviam sido substituídas. Bom, fazia 46 anos, pensou. Agora, onde está a doce velhinha que precisa de auxílio?

Foi quase como se o conselho o tivesse escutado. Uma mulher mais velha, de bengala, começou a atravessar a rua com o sinal de pedestres ficando vermelho. Isso é muito perigoso, pensou ele, ainda que o tráfego mal se arrastasse.

Dando passos largos, correu para ajudá-la, mas ficou decepcionado ao ver que um jovem já havia identificado o problema e já segurava o cotovelo da senhora.

— Deixe-me em paz — gritou a velhinha. — Consegui me virar por muito tempo sem tipos como você tentando pegar a minha carteira.

O rapaz resmungou alguma coisa baixinho, soltou-lhe o braço e a deixou no meio da rua. Ouviram-se buzinas, mas o trânsito ficou parado enquanto, sem qualquer sinal de pressa, a velha senhora seguiu a caminho da calçada.

O conselho evidentemente não me mandou de volta à Terra por causa dela, concluiu Sterling.

Havia uma longa fila diante das vitrines da Saks Fifth Avenue. Sterling imaginou o que de tão especial estariam todos vendo. Sabia que, desde sempre, apenas roupas eram exibidas naquelas vitrines. Com o canto do olho, viu as torres da Catedral de St. Patrick, o que fez aumentar a sua sensação de urgência.

Vamos analisar a situação, pensou. Fui enviado para ajudar alguém, e fui colocado no Rockefeller Center. Isso certamente sugere que eu deva começar a minha tarefa por lá. Sterling deu meia-volta e refez seus passos.

Com cuidado crescente, observou os rostos das pessoas que cruzavam por ele. Um casal passou caminhando, os dois vestindo roupas de couro pretas e justas e parecendo ter sido escalpelados. Sobrancelhas e narizes furados completavam o visual. Ele tentou não encará-los. As coisas certamente haviam mudado, pensou.

Enquanto se movia através da multidão, sentiu que estava sendo atraído de volta para perto da majestosa árvore de Natal que era o coração do fim de ano no Rockefeller Center.

Descobriu-se de pé ao lado de um casal de aparência mais tradicional de mãos dadas e parecendo estar muito apaixonados. Sentiu-se um bisbilhoteiro, mas precisava ouvir o que eles estavam dizendo. Alguma coisa lhe deu a certeza de que o rapaz estava prestes a pedir a moça em casamento. Vai fundo, pensou. Antes que seja tarde demais.

— Acho que está na hora — disse o rapaz.

— Também estou pronta — os olhos da garota brilhavam.

Onde está o anel?, perguntou-se Sterling.

— Vamos morar juntos por seis meses e ver se dá certo.

A moça parecia encantada.

— Estou tão feliz — sussurrou.

Sacudindo a cabeça, Sterling se virou. Isso nunca foi uma alternativa no meu tempo, disse a si mesmo. Meio que desencorajado, caminhou até a grade que dava para a pista de patinação no gelo e olhou para baixo. A música estava terminando, e os patinadores se encaminhavam para a saída. Viu uma menininha dar uma última pirueta. Ela é muito boa, pensou, admirado.

No instante seguinte, ela olhou para cima, e Sterling viu que ela estava lutando contra as lágrimas. Os olhos dos dois se cruzaram. Ela estará me vendo?, perguntou-se. Não podia ter certeza, mas sabia ao certo que ela sentira a sua presença e que precisava dele. Enquanto a observou sair patinando lentamente da pista de gelo, com os ombros perceptivelmente caídos, soube com segurança que era ela a quem tinha sido enviado para ajudar.

Ficou observando-a calçar os sapatos e subir as escadas que levavam para fora da pista. Perdeu-a momentaneamente na multidão, mas encontrou-a no instante em que ela embarcava num microônibus com a inscrição ESCOLAS DE MADISON VILLAGE parado na Rua Quarenta e Nove. Então é para lá que estão indo, pensou — para Long Island. Ouvira a professora chamar sua nova incumbência de Marissa. Claramente a aluna mais nova do grupo, a menina seguiu direto para o fundo e sentou-se sozinha no último lugar. Rapidamente, sentindo-se confortável por saber que ninguém podia vê-lo, ele seguiu a garotinha até o ônibus e sentou-se do outro lado do corredor. Ela olhou na sua direção várias vezes, como se de alguma forma estivesse ciente da presença dele ali.

Sterling acomodou-se. Estava a caminho. Olhou para Marissa, que havia se encostado na janela com os olhos fechados. O que pesava tanto no coração daquela menininha? Em quem ela estaria pensando?

Não podia esperar para ver o que estaria acontecendo na casa dela.

— Não posso acreditar. Outro Natal com a Mama a tantos quilômetros de distância. — Eddie Badgett estava quase caindo no choro. — Sinto saudade da nossa terra. Sinto saudade da minha Mama. Quero vê-la.

Seu rosto avermelhado desmanchou-se em sofrimento. Ele passou os dedos grossos pelo farto cabelo grisalho.

O período natalino havia lançado Eddie numa tristeza tão grande, que nem toda a sua riqueza terrena, acumulada com agiotagem e esquemas de pirâmides de dinheiro, era capaz de apagar.

Estava falando com o irmão Junior, que, aos 54 anos, era três anos mais novo do que ele. Junior recebera o nome do pai deles, que passara a maior parte da vida dos filhos encarcerado numa cela úmida de prisão na Valônia, uma região minúscula perto da Albânia.

Os irmãos estavam no ambiente que o caro decorador deles havia batizado de biblioteca e enchido de livros que nenhum dos dois tinha qualquer intenção de ler.

A mansão dos Badgetts, localizada em cinco hectares na costa dourada da North Shore de Long Island, era um tributo à capacidade dos irmãos de separarem outros seres humanos dos bens que conquistavam com tanto sacrifício.

O advogado dos dois, Charlie Santoli, estava com eles na biblioteca, sentado à mesa de mármore entalhado, com a maleta executiva ao lado e uma pasta aberta diante de si.

Santoli, um homem pequeno e bem arrumado de aproximadamente sessenta anos e a infeliz tendência de finalizar a higiene diária com uma enorme quantidade de colônia Manly Elegance, olhava para os irmãos com a costumeira combinação de desprezo e medo.

Ocorria-lhe freqüentemente que, na aparência, o par lembrava uma bola de boliche e um bastão de beisebol. Eddie era baixo, atarracado, roliço e forte. Junior era alto, magro, poderoso. E sinistro — era capaz de congelar um ambiente com o sorriso ou até com a risada que considerava simpática.

Charlie estava com a boca seca. Tinha a infeliz tarefa de contar aos irmãos que não havia conseguido outro adiamento no julgamento por chantagem, agiotagem, incêndio criminoso e tentativa de homicídio. O que significava que Billy Campbell, o roqueiro em ascensão de trinta anos e sua mãe glamourosa, a veterana cantora da noite e conhecida proprietária de restaurante Nor Kelly, seriam retirados do esconderijo e levados diante da corte federal. O testemunho dos dois poria Eddie e Junior em celas de prisão que eles poderiam forrar de retratos da Mama, porque jamais voltariam a vê-la. Mas Santoli sabia que, mesmo da prisão, eles tentariam se assegurar de que Billy Campbell nunca mais cantasse uma nota sequer, e que sua mãe, Nor Kelly, nunca mais recebesse um cliente em seu restaurante.

— Você está com muito medo de falar conosco — latiu Junior. — Mas é melhor começar de uma vez. Somos todos ouvidos.

— É — repetiu Eddie, esfregando os olhos e assoando o nariz. — Somos todos ouvidos.

A Madison Village era algumas saídas depois de Syosset, na Via Expressa Long Island.

No estacionamento da escola, Sterling seguiu Marissa para fora do ônibus. Flocos de neve úmidos faziam redemoinhos em torno deles. Um cara de trinta e muitos anos e ralos cabelos cor de areia — alto, esbelto, do tipo que a mãe de Sterling descreveria como um "pau de virar tripa" — chamou Marissa, acenando animadamente.

— Aqui, docinho. Rápido. Você está sem chapéu? Vai pegar um resfriado.

Sterling ouviu Marissa resmungar enquanto corria em direção a um sedã bege estacionado junto com meia dúzia de veículos que Sterling achou mais parecidos com caminhões do que com carros. Havia percebido muitos desses carros na rodovia. Deu de ombros. Apenas mais uma mudança dos últimos 46 anos.

Marissa disse "Oi, Roy" ao sentar-se no banco da frente. Sterling espremeu-se no banco de trás, entre duas cadeirinhas obviamente destinadas a crianças pequenas. No que pensarão depois disso?, perguntou-se Sterling. Quando eu era um bebê, minha mãe me levava no colo e me deixava ajudar a virar a direção.

— Como está a nossa pequena patinadora olímpica? — perguntou Roy a Marissa. Sterling percebeu que ele estava fazendo o melhor possível para ser agradável, mas Marissa não estava dando a mínima.

— Bem — respondeu ela, sem um traço de entusiasmo.

Quem é esse cara? perguntou-se Sterling. Não pode ser o pai dela. Um tio, talvez? O namorado da mãe?

— Aperte o cinto, princesa — avisou Roy num tom bem-humorado demais.

Docinho? Princesa? Patinadora olímpica? O cara é constrangedor, pensou Sterling.

Me dá um tempo — resmungou Marissa.

Impressionado, Sterling esperou pela reação de Roy. Não houve reação alguma. Roy ficou olhando fixamente para a frente, prestando uma atenção exagerada ao trânsito. Suas mãos seguravam firme a direção, e ele dirigia quase vinte quilômetros por hora abaixo do limite de velocidade.

Eu podia chegar mais rápido em casa patinando, gemeu Marissa.

Sterling sentiu-se extremamente satisfeito ao perceber que não apenas tinha o poder de se fazer visível para ela quando quisesse, como, quando entrava em sintonia, também era capaz de ler seus pensamentos. O Conselho Celestial evidentemente havia lhe dado alguns poderes e ferramentas, mas deixara que ele próprio descobrisse até onde eles iam. Certamente não lhe facilitariam as coisas.

Recostou-se, ciente de que, muito embora não estivesse ali em carne e osso, mesmo assim sentia-se apertado e desconfortável. Havia tido uma reação muito semelhante quando esbarrara na mulher na pista de patinação.

A maior parte dos restantes sete minutos a caminho de casa foi passada em silêncio, exceto pelo rádio, sintonizado numa estação que tocava uma música particularmente sem graça.

Marissa lembrou-se da vez em que, no carro do Papai, mudara para a estação que tocava esse tipo de música. Ele havia dito:

— Você está brincando! Não herdou nada do meu gosto para música?

— Essa é a rádio que o Roy ouve! — gritou Marissa, triunfante. Os dois riram juntos.

— Como a sua mãe se casou com ele depois de mim, é algo que eu nunca vou entender — disse o Papai, espantado.

Então é isso, pensou Sterling. Roy é o padrasto dela. Mas onde está o pai? E por que, agora que pensou nele, ela está ao mesmo tempo triste e com raiva?

— Roy foi apanhá-la. Eles deverão chegar a qualquer instante, mas não acho que ela vá querer conversar com você, Billy. Tentei explicar a ela que você e Nor não têm culpa por terem de ficar afastados por um tempo, mas ela não acredita nisso. — Denise Ward estava no telefone sem fio, conversando com o pai de Marissa, seu ex-marido, e tentando evitar que os dois gêmeos de dois anos de idade puxassem a árvore de Natal.

— Eu entendo, mas estou ficando louco por...

— Roy Junior, solte esse enfeite! — interrompeu Denise, levantando o tom de voz. — Robert, deixe o Menino Jesus em paz. Eu disse... Só um minuto, Billy.

A mais de três mil quilômetros de distância, a expressão de preocupação de Billy Campbell relaxou por um instante. Ele estava segurando o aparelho para que a mãe, Nor Kelly, ouvisse a conversa. Levantando as sobrancelhas, disse:

— Acho que o Menino Jesus saiu voando pela sala — sussurrou.

— Desculpe, Billy — disse Denise, de volta ao telefone. — Olha, as coisas estão bem agitadas por aqui. Os pequerruchos estão absolutamente enlouquecidos por causa do Natal. Talvez seja melhor você ligar de novo em 15 minutos, embora vá acabar sendo uma perda de tempo. Marissa simplesmente não quer falar nem com você nem com a Nor.

— Denise, eu sei que você está assoberbada — disse Billy Campbell baixinho. — Sei que recebeu os presentes que mandamos, mas tem alguma coisa de que Marissa realmente esteja precisando? Talvez ela tenha falado sobre algo especial que eu ainda possa comprar para ela.

Ouviu um barulhão e o choramingo de uma criança de dois anos.

— Ah, meu Deus, o anjo Waterford. — Denise Ward estava quase chorando. — Saia daí, Robert. Está me ouvindo? Você vai se cortar — disse Denise em tom áspero, com a voz tensa de raiva. — Você quer saber do que Marissa precisa, Billy? Ela precisa de você e da Nor, e precisa de vocês dois logo. Estou morrendo de preocupação com ela. O Roy também. Ele se esforça horrores, mas ela simplesmente não corresponde.

— Como você acha que eu estou me sentindo, Denise? — perguntou Billy, levantando a voz. — Eu daria o meu braço direito para ficar com Marissa. Tenho dor de estômago todos os dias por não estar com ela. Sou grato pelo fato de Roy estar aí, mas ela é minha filha, e eu sinto saudade dela.

— Acho que você sabe como eu tenho sorte de ter encontrado um homem confiável, com um bom emprego, que não fica na rua até altas horas tocando com uma banda de rock nem se envolve em situações que o fazem sair correndo da cidade. — Denise não parou para respirar. — Marissa está magoada. Você entendeu, Billy? O aniversário dela é daqui a quatro dias. Na véspera do Natal. Não sei como vai ficar quando você não estiver aqui para isso. Ela está se sentindo abandonada.

Nor Kelly viu a expressão de dor que tomou conta do rosto do filho e o viu segurar a testa com a mão. Sua ex-nora era uma boa mãe, mas estava chegando ao limite da frustração com a situação. Queria que os dois voltassem por causa de Marissa, mas ficaria enlouquecida de preocupação que a menina pudesse correr algum perigo com eles por perto.

— Então, Billy, vou dizer que você ligou. Preciso desligar. Ah, espere um pouco. O carro acabou de entrar na garagem. Vou ver se ela quer conversar com você.

Bela casa, pensou Sterling enquanto seguia Marissa e Roy para dentro. Estilo Tudor. Pinheiros cobertos por luzes azuis. Um pequeno trenó com o Papai Noel e oito renas no gramado. Tudo novinho em folha. Sterling tinha certeza de que Roy era um almofadinha.

Roy abriu a porta.

— Onde estão os meus pequerruchos? — chamou, alegre. — Roy Junior, Robert, seu papai voltou.

Sterling saltou para o lado quando duas criancinhas idênticas de cabelos louros correram na sua direção. Pôde ver uma bela loura na sala de estar, parecendo extremamente perturbada, com um telefone sem fio na mão (evidentemente outra inovação surgida desde a sua partida). Ela chamou Marissa com um gesto:

— O seu pai e a NorNor querem muito, muito falar com você — disse ela.

Marissa entrou na sala, pegou o telefone da mãe e, para o espanto de Sterling, pôs o telefone no gancho. Com os olhos cheios de lágrimas, correu para o andar de cima.

Nossa!, admirou-se Sterling.

Ele ainda não sabia qual era o problema, mas compreendeu o olhar impotente que a mãe de Marissa trocou com o marido. Parece que o meu trabalho já está definido, concluiu. Marissa precisa de ajuda agora.

Ele seguiu Marissa até o andar de cima e bateu na porta do quarto dela.

— Por favor, me deixe sozinha, Mamãe. Não estou com fome, e não quero comer.

— Não é a Mamãe, Marissa — disse Sterling.

Ele ouviu a fechadura girar, e a porta se abriu lentamente. Os olhos de Marissa se arregalaram, e sua expressão deprimida virou uma expressão de assombro.

— Eu vi você quando estava patinando, e depois, quando entrei no ônibus — sussurrou. — Mas depois não vi mais. Você é um fantasma?

Sterling sorriu para ela.

— Não exatamente. Estou mais para um anjo, mas não é bem isso o que sou. Na verdade, é por isso que estou aqui.

— Você quer me ajudar, não é?

Sterling foi tomado por uma sensação de carinho ao olhar nos olhinhos desolados de Marissa.

— Quero ajudá-la mais do que qualquer outra coisa no mundo. Tanto por mim quanto por você.

— Você está encrencado com Deus?

— Vamos dizer que ele não está muito empolgado comigo no momento. Acha que eu ainda não estou pronto para o céu.

Marissa revirou os olhos:

— Conheço um monte de gente que nunca vai poder ir para o céu.

Sterling riu.

— Algumas pessoas que eu jurava que não iriam para o céu agora estão lá em cima, com os melhores.

— Vai entender — disse Marissa. — Você quer entrar? Tenho uma poltrona que era grande o bastante para o meu pai quando ele vinha aqui me ajudar com a lição de casa.

Ela é encantadora, pensou Sterling enquanto a seguia para dentro do quarto espaçoso. Que personalidade. Gostou de ver que Marissa soubera instintivamente que ele era um espírito amigo, em quem podia confiar. Ela já parecia um pouco mais alegre.

Ajeitou-se na poltrona que ela lhe indicou e percebeu que ainda estava de chapéu.

— Ah, sinto muito — disse baixinho, tirando-o e botando-o cuidadosamente no colo.

Marissa pegou a cadeira da escrivaninha e sentou-se com um ar de anfitriã educada.

— Queria oferecer um refrigerante e biscoitos, ou alguma outra coisa, mas, se eu descer, eles vão querer que eu jante. — Franziu o nariz. — Acabei de pensar numa coisa. Você sente fome? Pode comer? Porque parece que você está aí mas na verdade não está.

— Eu mesmo estou tentando entender essas coisas — admitiu Sterling. — É a minha primeira vez numa coisa assim. Agora, me diga, por que você não quer falar com o seu pai?

Marissa olhou para baixo, e uma sombra cobriu seu rosto.

— Ele não vem me visitar e não deixa que eu visite ele. Nem ele, nem a NorNor... ela é minha vó. E se eles não querem me ver, eu não quero ver eles também.

— Onde eles moram?

— Não sei — explodiu Marissa. — Eles não me dizem, e a Mamãe não sabe. Ela diz que estão se escondendo de umas pessoas más que querem machucar eles, e que não vão voltar enquanto não for seguro, mas, na escola, as crianças dizem que o Papai e a NorNor se meteram em alguma encrenca e precisaram fugir.

O que será? indagou-se Sterling.

— Quando foi a última vez que você os viu?

— Dois dias depois do Natal do ano passado foi quando eu realmente vi os dois. O Papai e eu fomos patinar no gelo. Depois fomos almoçar no restaurante da NorNor. Devíamos ir até o Radio City Music Hall na manhã da véspera do ano-novo, mas ele e a NorNor tiveram que ir embora. Entraram correndo quando eu ainda estava meio dormindo e disseram adeus. Não me disseram quando iam voltar, e já faz quase um ano inteiro. — Fez uma pausa. — Eu preciso ver o Papai. Preciso ver a NorNor.

Ela está com o coração partido, pensou Sterling. Compreendia esse tipo de dor. Era como o anseio que sentira ao ver Annie passar pela janela em direção ao céu.

— Marissa... — alguém bateu na porta do quarto.

— Ah, eu sabia — disse Marissa. — A Mamãe vai me obrigar a descer para jantar. Eu não estou com fome, e não quero que você vá embora.

— Marissa, eu vou trabalhar no seu problema. Voltarei para dizer boa-noite.

— Promete?

— Marissa — mais uma batida na porta.

— Sim, mas você me promete uma coisa em troca — disse Sterling, apressado. — Sua mãe está muito preocupada com você. Seja boazinha com ela.

— Está bem. Vou ser boazinha até com o Roy. De qualquer maneira, eu gosto de frango. Mamãe, estou indo — falou. Voltou-se novamente para Sterling. — Toca aqui.

— Como assim? — perguntou Sterling.

Marissa não acreditou.

— Você deve ser muito velho. Todo mundo sabe o que quer dizer "toca aqui".

— Eu estive meio fora — admitiu Sterling, enquanto, seguindo o exemplo dela, levantou a mão espalmada para que ela lhe desse um tapa entusiasmado.

Que criança precoce, pensou ele, sorrindo.

— Até mais tarde — sussurrou para ela.

— Ótimo. Não se esqueça do seu chapéu. Não quero ser chata, mas ele é meio bobo.

— Marissa, o jantar está esfriando — chamou a sua mãe.

— O jantar sempre está frio. — Marissa sussurrou para Sterling, a caminho da porta. — O Roy leva uma eternidade rezando. O Papai diz que a Mamãe só devia servir pratos frios.

A mão dela estava na maçaneta.

— A Mamãe não pode ver você, né?

Sterling sacudiu a cabeça e desapareceu.

Na sala de reuniões celestial, o conselho vinha seguindo os movimentos de Sterling com muito interesse.

— Ele fez contato imediatamente. Usando o velho método, como eu o chamo — disse o almirante, em tom de aprovação.

— Aquela menininha está tão infeliz — disse a freira baixinho.

— E é muito franca — observou o monge. — No entanto, eu sei que era diferente no meu tempo. Sterling está prestes a pedir uma reunião conosco. Acredito que devamos concedê-la.

— Que seja — disseram, em coro.

Envolto em seus pensamentos, Sterling ficou um tempo parado na soleira da casa de Marissa, protegido da neve que caía lentamente. Eu poderia fuçar pela cidade para saber mais sobre o pai e a avó dela, pensou, mas há um jeito mais fácil de compreender tudo o que está acontecendo — que envolveria pedir permissão para o conselho.

Fechou os olhos. Antes que tivesse tempo de fazer a solicitação, encontrou-se na sala de reuniões. Aliviado, viu pelas expressões deles que seus santos mentores pareciam estar observando seus passos com razoável generosidade.

— Vi que você tentou encontrar uma velhinha em apuros — riu o almirante. — O rapaz que chegou antes de você teve uma bela surpresa. Pode-se dizer que ela era um caso espinhoso.

— Pelo menos Sterling não perdeu um minuto quando chegou à Terra — disse a enfermeira, em tom de aprovação.

Sterling animou-se ao ouvir o elogio.

— Obrigado, obrigado. Como vocês podem compreender, eu não quero perder nem um minuto agora. Acredito que poderei ajudar Marissa melhor quando compreender precisamente a causa de seu problema. O pai e a avó de Marissa estavam planejando levá-la ao Radio City Music Hall na manhã da véspera do ano-novo passado. Mas alguma coisa deu errado pouco antes disso. Foram vê-la muito cedo naquele dia e disseram que precisavam viajar por um tempo.

O monge assentiu:

— Para chegar à raiz da maior parte dos problemas, é preciso cavar o passado.

De repente, o pastor, que tinha se mantido em silêncio, falou:

— Os problemas da maior parte das pessoas vêm de muito antes. Você devia ter conhecido a minha família. Por que você acha que eu me tornei pastor? O único lugar em que conseguia um pouco de paz era a montanha.

Todos riram.

— Não me faça começar — disse a rainha. — Os problemas da minha família eram o principal assunto do reino.

O monge pigarreou.

— Acho que todos o compreendemos, Sterling. Sabemos por que está aqui. Veio pedir permissão para voltar no tempo a fim de saber por que o pai e a avó de Marissa precisaram sair da cidade.

— É isso, senhor — disse Sterling, humildemente. — Talvez vocês achem que ao me darem essa permissão estarão facilitando demais o meu trabalho e, é claro, se for este o caso, não espero favores especiais.

— Quando souber do que se trata, talvez precise de alguns favores especiais — disse brincando o toureiro. — Pessoalmente, a minha opinião é de que você entrará na arena com dois touros, não um, e...

O monge fez com que o toureiro se calasse.

— Sterling tem a tarefa de descobrir isso sozinho — disse, estendendo a mão para o botão.

Esta foi rápida, pensou Sterling, sentindo-se novamente empurrado através do sistema solar. Estão me mandando por um caminho diferente. Imagino que seja porque eu esteja voltando no tempo.

Quando se deu conta, estava no estacionamento de um restaurante convidativo. Parece ser um sucesso, observou. Pelas janelas, viu que havia uma grande agitação. Para começar a se achar, foi até o fim da entrada de carros e leu a placa: NOR'S PLACE.

Muito bom, pensou. O restaurante da avó de Marissa. Não precisava ser Sherlock Holmes para concluir que o próximo passo seria entrar e dar uma olhada. Voltou rapidamente pela entrada de carros, subiu os degraus da varanda e começou a abrir a porta.

Posso simplesmente ir em frente, censurou-se. Não há por que desperdiçar calor. Uma brisa gelada acompanhou-o para o interior do restaurante, onde uma bela mulher de mais ou menos sessenta anos, com o cabelo louro preso num coque solto por um pente com pedrarias, olhava para o livro de reservas atrás de uma mesinha.

Ergueu o olhar. Fios de cabelos louros caíam sobre a sua testa.

Uma mulher muito atraente de um jeito exuberante, pensou Sterling.

— Podia jurar que havia fechado bem a porta — murmurou Nor Kelly ao dar dois passos rápidos e parar atrás dele, empurrando a porta com força.

— NorNor, venha se sentar. O seu café está aqui — chamou uma voz de criança.

Uma voz familiar. Sterling girou para ficar de frente para o salão. Paredes com painéis de mogno, mesas cobertas com toalhas muito brancas e encimadas por grandes velas vermelhas criavam uma atmosfera alegre e acolhedora. À direita do bar havia um piano. Fios de luzes de Natal cintilavam nas paredes e nas janelas, e músicas natalinas tocavam baixinho ao fundo.

— NorNor — chamou a menina de novo.

Os olhos de Sterling vagaram pelo salão lotado. Uma menininha estava sentada numa mesa de canto à direita da porta. Estava olhando na sua direção. Era Marissa! Parecia um pouco mais novinha, com o cabelo um pouco mais curto, mas a diferença mais evidente era o quanto parecia feliz. Seus olhos brilhavam, e os lábios formavam um sorriso. Ela vestia uma roupa de patinação vermelha. Estava com um homem de pouco menos de trinta anos impressionantemente bonito, de cabelo escuro e olhos azuis.

Billy Campbell, pensou Sterling. Parece um astro de cinema. Gostaria de ter essa aparência quando era vivo, pensou. Não que tivesse do que reclamar.

Nor olhou para ela:

— Já vou, Rissa.

Ficou evidente que Marissa não o vira. É claro, pensou Sterling, nós só nos conheceremos no ano que vem.

Caminhou até a mesa e sentou-se diante de Marissa. Quanta diferença, pensou, com carinho.

Ela e o pai estavam terminando o almoço. O prato de Marissa tinha as cascas de um sanduíche de queijo quente. Também nunca gostei de cascas, lembrou Sterling.

— Papai, posso, por favor, ir à festa com você? — perguntou Marissa, brincando com o canudo do refrigerante. — Adoro ouvir você e a NorNor cantarem. Prometo que não vou ser malcriada.

— Você nunca é malcriada, Rissa — disse Billy, puxando seu cabelo. — Mas essa festa não é para crianças, acredite.

— Quero ver como é aquela casa grandona por dentro.

— Muita gente quer — murmurou Billy, erguendo uma sobrancelha. — Escute aqui, nós vamos ao Radio City na véspera do ano-novo. Vai ser muito mais divertido. Confie em mim.

— Uma menina da escola disse que os homens que moram naquela casa são como as pessoas dos Sopranos.

Billy riu.

— Mais um motivo para não levar você lá, benzinho.

Sopranos?, perguntou-se Sterling.

Nor Kelly sentou-se na cadeira ao lado de Marissa.

— Não se esqueça de que a sua outra avó irá jantar na casa da sua mãe hoje. Você estava morrendo de vontade de vê-la.

— Ela vai ficar três dias. Posso ver ela amanhã. Não quero perder a chance de ver vocês dois cantando.

Os olhos de Billy brilharam.

— Você é muito novinha para ser uma *groupie*.

Groupie? Eram tantas palavras novas, pensou Sterling.

— Papai, todo mundo adora a sua nova canção. Você vai ficar muito famoso.

— Pode apostar nisso, Rissa — confirmou Nor.

Dá para entender por que a Marissa sente tanta saudade, pensou Sterling. Fica muito à vontade com eles. Ele já estava gostando imensamente de Nor Kelly e Billy Campbell. Era impossível negar que os dois eram mãe e filho, e que Marissa havia herdado os olhos azuis, a pele corada e a beleza deles. Nor e Billy possuíam o carisma natural dos artistas natos, e Marissa já estava dando sinais de possuir a mesma qualidade.

O restaurante estava começando a esvaziar, e as pessoas paravam na mesa para se despedir.

— Até o ano-novo — disseram várias delas. — Nunca perderíamos a sua festa, Nor.

— A essa festa eu venho — disse Marissa, decidida, com o indicador levantado.

— Até as dez horas — concordou Billy —, e depois você cai fora.

— E não vá tentar repetir o truque do ano passado de se esconder atrás do bar quando chegar a hora de ir embora —

avisou Nor, rindo. — E por falar em ir para casa, sua mãe deve chegar a qualquer instante, e o Papai e eu precisamos nos mexer. Somos esperados dentro de uma hora.

Billy levantou-se.

— Olhe a Mamãe, Rissa.

Denise Ward estava se aproximando deles pelo salão.

— Oi, Billy. Oi, Nor. Desculpem o atraso — desculpou-se. — Tive que fazer umas compras, e a fila no caixa praticamente dava a volta no mercado. Mas comprei tudo de que precisamos para fazer biscoitos, Marissa.

Nem Denise nem Billy pareciam ter trinta anos ainda, pensou Sterling. Os dois evidentemente haviam se casado jovens, e, embora estivessem divorciados, pareciam ter continuado amigos. Só de olhar para os dois, ela com seu terninho empertigado, e ele, com jeans pretos e botas, dava para perceber que não estavam na mesma sintonia.

E Deus sabe que Billy Campbell não havia seguido o ditado segundo o qual todo homem se casa com a mãe. Ninguém jamais acusaria Nor Kelly de parecer empertigada. Ela estava usando um belo terninho de casimira com uma colorida echarpe de seda estampada. O visual era complementado por um vistoso conjunto de jóias.

— Como estão os bebês? — perguntou Nor.

— Começando a caminhar — anunciou Denise, orgulhosa. — Quando o Roy Junior deu o primeiro passo, o Roy Senior passou metade da noite acordado, instalando portões por toda a casa.

Sterling achou ter visto um leve revirar de olhos em Billy. Ela está informando Billy o quanto Roy é prestativo, concluiu

Sterling. Aposto que ele fica sabendo de alguma nova realização de Roy toda vez que a encontra.

Marissa levantou-se e abraçou o pai e a avó.

— Divirtam-se com os Sopranos — disse ela.

Denise pareceu surpresa:

— Os Sopranos?

— Ela está brincando — disse Nor, rapidamente. — Nosso trabalho esta noite é na festa beneficente que os irmãos Badgetts estão dando para o Centro da Terceira Idade.

— Eles não moram naquela casa enorme... — começou Denise.

— Moram, sim — intrometeu-se Marissa —, e eu ouvi dizer que eles têm uma piscina térmica e uma pista de boliche.

— Vamos informá-la sobre todos os detalhes sórdidos — prometeu Billy. — Vamos lá, vamos pegar o seu casaco.

Quando começaram a ir em direção à chapelaria, Sterling parou um pouco para ver as fotos penduradas nas paredes. Muitas delas mostravam Nor posando com clientes nas mesas. Algumas haviam sido autografadas por pessoas que provavelmente eram celebridades atuais, imaginou. Havia fotos de uma glamourosa Nor em cima de um palco, cantando com uma banda; de Billy, guitarra em punho, apresentando-se com um grupo; de Nor e Billy juntos num palco; de Billy e Nor com Marissa.

Sterling concluiu pelos retratos mais antigos que Nor devia ter sido uma cantora da noite. Viu várias fotografias nas quais ela aparecia se apresentando com um parceiro. Uma placa no palco dizia NOR KELLY E BILL CAMPBELL. O pai de Billy, pensou Sterling. O que teria acontecido com ele, e desde quando ela tinha o restaurante? Então, um pôster de um réveillon de vinte anos antes no Nor's Place fez com que ele percebesse que ela estava no ramo havia muito tempo.

Marissa foi embora depois de um último beijo de Billy e Nor. Embora soubesse que Marissa não podia vê-lo, Sterling sentiu-se excluído pelo fato de ela não ter sentido a sua presença de certa forma e dito "toca aqui".

Você está sendo ridículo, censurou-se. Mas ver Marissa com Billy fez com que pensasse no filho que poderia ter tido se ele e Annie tivessem se casado.

Depois de concordarem em sair dentro de 15 minutos, Billy e Nor correram para se arrumar. Para passar o tempo, Sterling aproximou-se do bar, onde um único cliente conversava com o barman. Sentou-se num banco próximo. Se ainda fosse vivo, pediria um uísque, pensou. Faz mesmo muito tempo que tomei um pela última vez. No ano que vem, Marissa vai perguntar se eu sinto fome ou sede. Na verdade, não sinto nenhuma vontade de comer ou beber, percebeu, muito embora sinta frio quando estou na rua e me sinta espremido dentro de carros. Como diria Marissa: "Vai entender."

— O Natal foi bom, Dennis — disse o cliente. — Nunca pensei que conseguisse sobreviver ao primeiro Natal sem Peggy. Juro por Deus, quando acordei naquela manhã, estava pronto para dar um tiro na cabeça, mas quando vim para cá, foi como estar em família.

Puxa, quem diria, pensou Sterling. É o Chet Armstrong, o narrador esportivo. Ele tinha acabado de começar a carreira no Canal 11 quando fui atingido pela bola de golfe. Era um garoto magricela na época, mas a forma como narrava as partidas esportivas dava a impressão de que cada jogo era decisivo. Agora ele está com os ombros mais largos e tem os cabelos brancos e o rosto enrugado de um homem que passou muito tempo ao ar livre.

— Quase me senti culpado pelo dia de Natal ter sido tão bom — prosseguiu Armstrong —, mas sabia que a Peggy provavelmente estaria sorrindo para mim lá de cima.

Será que Peggy chegara a passar algum tempo na sala de espera celestial?, pensou Sterling. Queria que Armstrong abrisse a carteira. Talvez levasse uma foto dela consigo.

— Peggy era uma moça incrível — concordou Dennis, um ruivo robusto de mãos grandes e ágeis, esfregando copos de cerveja e servindo pedidos deixados pelos garçons sobre o balcão. Sterling notou que o olhar de Armstrong saltou para uma das fotos emolduradas sobre o bar. Inclinou-se para olhar de perto. Era um retrato de Nor com Chet, que tinha o braço sobre os ombros de uma mulher delicada que tinha de ser Peggy.

Eu a vi, pensou Sterling. Ela esteve a umas duas fileiras de mim na sala de espera. Mas não ficou lá por tempo suficiente para se estabelecer de verdade.

— Peggy era muito divertida, desde que não pisassem nos calos dela — lembrou Chet com uma risada.

Ah, foi o que a reteve, pensou Sterling. Tinha um gênio meio forte.

— Escute aqui — disse Dennis num tom de padre confessor —, eu sei que parece impossível, mas aposto que algum dia mais adiante você conhecerá alguém. Ainda tem muito tempo.

Só não se descuide de quem joga golfe com você, pensou Sterling.

— Fiz setenta anos em março, Dennis.

— Hoje isso é pouco.

Sterling sacudiu a cabeça. Eu teria 96. Ninguém poderia me acusar de ser um franguinho.

— Há quanto tempo você está aqui, afinal, Dennis? — perguntou Chet.

Obrigado, Chet, pensou Sterling, esperando que a resposta de Dennis o ajudasse a entender melhor a situação.

— Nor abriu o restaurante há 23 anos. Bill morreu quando Billy estava começando a ir para a escola. Ela cansou da estrada. Eu a conhecia de um dos clubes de Nova York. Depois de seis meses, ela me ligou. Havia apanhado o barman com a boca na botija. Nossos filhos estavam quase em idade escolar, e minha mulher queria sair da cidade. Estou aqui desde então.

Com o canto do olho, Sterling viu que Billy e Nor estavam de saída. Estou me atrapalhando na corrida, pensou, apressando-se para alcançá-los enquanto os dois atravessavam o estacionamento.

Não ficou surpreso ao ver que eles tinham um daqueles caminhõezinhos. Deve ser moda hoje em dia. Sorriu ao pensar em Marissa entrando no carro sóbrio de Roy. Como qualquer criança, ela provavelmente detestava que suas amigas a vissem ligada a qualquer coisa careta.

Saltou para o banco traseiro enquanto Billy girava a chave na ignição e então olhou por cima do ombro para as caixas do que pareciam ser equipamentos musicais. Se os dois soubessem que tinham um *groupie* no banco traseiro — Sterling riu sozinho.

Depois de instalado, Sterling esticou as pernas. Não sinto falta de ficar esmagado por cadeirinhas para crianças, pensou. Percebeu que estava ansioso pela festa. Na festa da noite anterior ao seu último jogo de golfe, tocaram discos de Buddy Holly e Doris Day. Seria divertido se Nor e Billy cantassem como eles, imaginou.

O carro passou por ruas cobertas de neve de Madison Village. Isso me lembra um Currier & Ives*, pensou Sterling, olhando para as casas bem-cuidadas, muitas delas elegantemente enfeitadas com luzes de Natal. Guirlandas de sempre-verdes com pinhas enfeitavam as portas sociais. Belas árvores de Natal cintilavam pelas janelas principais.

Sobre um gramado, a visão de um lindo presépio com bonecos extremamente bem entalhados provocou-lhe um sorriso melancólico.

Então passaram por uma casa com uma dúzia de anjos de plástico em tamanho real dando cambalhotas no gramado. Aquele anjo mandão da porta do Conselho Celestial devia conseguir um carregamento daquela monstruosidade, pensou.

Viu de relance o Estreito de Long Island. Sempre gostei da North Shore da ilha, pensou, esticando o pescoço para ver a água melhor, mas ela está muito mais desenvolvida do que costumava ser.

Na frente, Nor e Billy estavam rindo das tentativas de Marissa de ir com eles para ver pessoalmente o interior da casa.

— Ela é uma figura — disse Billy, orgulhoso. — Puxou a você, Mamãe. Sempre atenta a tudo ao redor, com medo de perder alguma coisa.

Nor riu e concordou:

---

*Nathaniel Currier e James Merritt Ives, litógrafos norte-americanos muito populares no século XIX. (*N. da T.*)

— Prefiro chamar isso de interesse saudável no ambiente. Mostra o quanto ela é inteligente.

Ao ouvi-los, Sterling começou a se sentir desolado. Sabia que suas vidas estavam prestes a mudar e que eles logo estariam separados daquela criança que era o centro de suas vidas.

Desejou ter o poder de evitar que isso acontecesse.

Sempre que Junior e Eddie promoviam um evento na mansão, Junior tinha um ataque de nervos. Lá vamos nós, pensou Charlie Santoli enquanto seguia os irmãos bastão de beisebol e bola de boliche. Junior, o bastão de beisebol, tinha olhos pequenos e frios. Eddie, o bola de boliche, sempre se desmanchava em lágrimas quando falava na Mama, mas era uma pedra de gelo a respeito de qualquer outra coisa.

Estava em andamento a agitação usual que antecede uma festa. Floristas corriam de um lado para outro, distribuindo arranjos natalinos por toda a casa. A equipe do bufê arrumava as coisas. Jewel, a namorada cabeça-de-vento de Junior, de 22 anos, andava de um lado para outro em seus saltos agulha, ficando no caminho de todo mundo. Os assistentes confidenciais especiais de Junior e Eddie, desconfortáveis em paletós e gravatas, estavam parados um ao lado do outro, parecendo os capangas que de fato eram.

Antes de sair de casa, Charlie havia sido forçado a ouvir mais um sermão da mulher sobre os irmãos Badgetts.

— Charlie, aqueles dois não valem nada — dizia ela. — Todo mundo sabe disso. Você devia dizer que não quer mais ser advogado deles. E daí que os dois construíram uma ala no Centro da Terceira Idade? Não foi com dinheiro deles. Escute aqui, eu lhe disse para não se envolver com eles 15 anos atrás. Você me ouviu? Não. Vai ter sorte se não terminar no porta-malas de um carro, e eu não estou falando de uma caminhonete. Peça demissão. Você tem dinheiro suficiente para isso. Está com 62 anos, e é tão nervoso que se contorce enquanto dorme. Quero que seus netos o conheçam em carne e osso e não tenham que beijar um retrato seu antes de irem dormir.

Não adiantava explicar a Marge que ele não podia pedir demissão. Sua intenção tinha sido controlar apenas os vários negócios legítimos dos irmãos Badgetts. Para seu arrependimento, porém, havia descoberto que quem dorme com cães acorda com pulgas, e várias vezes havia sido forçado a sugerir a potenciais testemunhas do governo que valeria a pena financeiramente — além de fisicamente — esquecerem-se de certos acontecimentos. Assim, havia conseguido evitar que os irmãos fossem acusados de diversas atividades criminosas, incluindo agiotagem, manipulação de resultados de jogos de basquete e apostas ilegais. Assim, recusar-se a fazer qualquer coisa que os dois pedissem, ou tentar não trabalhar mais para eles, era o mesmo que cometer suicídio.

Hoje, por causa da magnitude da doação que os dois haviam feito ao Centro da Terceira Idade, uma ala de dois milhões de dólares construída em nome da mãe deles, eles haviam conseguido que um grupo especial de convidados viesse celebrar o aniversário de 85 anos da mãe ausente. Os dois senadores de Nova York, o secretário de Saúde e Serviços Humanos, vários prefeitos e dignitários e todos os membros da diretoria do Centro da Terceira Idade estariam lá. Só a diretoria do centro incluía alguns dos nomes mais importantes de Long Island.

No total, aproximadamente 75 pessoas estariam presentes, o tipo de gente que daria aos irmãos a aura de respeitabilidade que eles tanto desejavam.

Era fundamental que a festa desse certo.

O evento principal seria realizado no grande salão, um ambiente que combinava vários aspectos de um palácio real francês. Paredes e cadeiras douradas, mesas entalhadas de pau-rosa, cortinas de cetim, tapeçarias e, pairando sobre tudo, a reprodução de uma lareira de mármore com dois andares de altura do século XV repleta de querubins, unicórnios e abacaxis esculpidos. Junior explicara que os abacaxis "simbolizavam um monte de boa sorte" e instruíra o decorador a garantir que houvesse montes de abacaxis na reprodução e esquecesse algumas daquelas outras tralhas.

O resultado, pensou Charlie, foi um salão que era um monumento ao mau gosto. Ele mal podia imaginar a reação da elite da sociedade.

A festa estava marcada para começar às 17h e ir até as 20h. Seriam servidos coquetéis, canapés e um suntuoso bufê. O entretenimento ficaria a cargo de Billy Campbell, o roqueiro promissor, e sua mãe, Nor Kelly, a ex-cantora da noite. Os dois eram muito conhecidos em toda a North Shore. O ponto alto da noite ocorreria às sete e meia, quando, via satélite da Valônia, a mãe dos irmãos Badgetts estaria presente para ouvir os convidados cantarem "Parabéns pra você".

— Tem certeza de que não vai faltar comida? — perguntou Junior ao banqueteiro.

— Pode ficar tranqüilo, Sr. Badgett, o senhor pediu comida para alimentar um exército — disse Conrad Vogel, o banqueteiro, sorrindo com indiferença.

— Eu não lhe pedi que alimentasse um exército. Quero saber se há bastante comida chique, para que se alguém gostar de alguma coisa e quiser repetir não tenha que ouvir que acabou.

Charlie Santoli viu o banqueteiro encolher sob o olhar glacial de Junior. Ninguém mexe com o Junior, parceiro, pensou.

O banqueteiro entendeu o recado.

— Sr. Badgett, posso lhe garantir que a comida é extraordinária e que os seus convidados ficarão muito satisfeitos.

— É bom que fiquem mesmo.

— E o bolo da Mama? — perguntou Eddie. — É bom que seja perfeito.

Uma minúscula gota de suor estava se formando sobre o lábio superior de Conrad Vogel.

— Ele foi feito especialmente pela melhor confeitaria de Nova York. Os bolos de lá são tão bons, que uma das nossas clientes mais exigentes usou-os em todos os seus quatro casamentos. O próprio chef *pâtissier* está aqui, para o caso de o bolo precisar de algum retoque depois que o tirarem da caixa.

Junior passou pelo banqueteiro e foi examinar o retrato da Mama Heddy-Anna, que seria formalmente apresentado aos depositários do Centro da Terceira Idade para ser pendurado na recepção da nova ala do centro. O quadro havia sido pintado por um artista valão e emoldurado com muitos adornos por uma galeria de Nova York. As instruções que Junior passou pelo telefone para o artista haviam sido precisas:

— Mostre a linda senhora que é a Mama.

Charlie tinha visto fotografias da Mama. O retrato de uma bela matriarca vestindo veludo negro e pérolas não guardava a menor semelhança com qualquer uma delas, graças a Deus. O artista havia sido belamente recompensado por seus serviços.

— Ela está muito bem — admitiu Junior. Mas seu momento de satisfação evaporou-se imediatamente. — Onde estão aquelas pessoas a quem estou pagando para cantar? Já deviam estar aqui a esta hora.

Jewel apareceu por trás. Passando um braço em torno do dele, disse:

— Acabei de vê-los na entrada de carros, doçura. Não se preocupe com eles. São muito, muito bons.

— É bom mesmo que sejam. Você os recomendou.

— Você já ouviu eles cantarem, amoreco. Lembra que eu levei você para jantar no Nor's Place?

— Ah é, eu tinha esquecido. Eles são bons. Bom restaurante, boa comida. Boa localização. Não seria nada mau ser dono daquilo lá. Vamos dar uma olhada no bolo.

Com Jewel ainda pelo braço, com os brilhantes cabelos ruivos dançando sobre os ombros, a microminissaia mal batendo nas coxas, Junior conduziu a visita de inspeção pela cozinha. O chef *pâtissier*, com o imponente chapéu branco aprumado na cabeça, estava de pé ao lado do bolo de aniversário de cinco camadas.

Quando os viu se aproximando, ficou radiante de orgulho.

— Não é magnífico? — perguntou, beijando as pontas dos dedos. — Uma obra-prima doce. Meu maior e melhor esforço. Uma homenagem digna da sua amada mãe. E o sabor. O sabor é divino. Seus convidados irão adorar cada pedaço.

Junior e Eddie aproximaram-se com reverência para ver a obra-prima. Então, em uníssono, começaram a gritar.

— Idiota!

— Imbecil!

— Panaca!

— É HEDDY-ANNA, não BETTY-ANNA — resmungou Eddie. — O nome da minha Mama é Heddy-Anna!

O chef *pâtissier* pareceu incrédulo, franzindo o nariz e enrugando a testa.

— Heddy-Anna???

— Não se atreva a fazer graça com o nome da minha Mama! — gritou Eddie, com os olhos se enchendo de lágrimas.

Não permita que mais nada dê errado, rezou Charlie Santoli. Os dois vão perder o controle se qualquer outra coisa der errado.

Hans Kramer teve de fazer um esforço supremo até para iniciar o trajeto de 15 minutos da sua casa em Syosset à mansão dos irmãos Badgetts no estreito de Long Island. Por que eu inventei de pegar dinheiro emprestado com eles?, perguntou-se pela milésima vez ao entrar na Via Expressa Long Island. Por que simplesmente não decretei falência e terminei com tudo?

Executivo da indústria eletrônica de 46 anos, Hans pedira demissão do emprego dois anos antes, retirara do fundo de previdência todas as economias e hipotecara a casa, pensando em abrir uma empresa ponto-com para vender programas que havia desenvolvido. Depois de um começo promissor, com pedidos chegando e o depósito cheio de estoque, a indústria tecnológica havia sofrido uma baixa. Então começaram os cancelamentos. Precisando desesperadamente de dinheiro imediato, e num esforço para manter o negócio funcionando, pegou dinheiro emprestado com os irmãos Badgetts. Infelizmente, seus esforços para saldar a dívida até ali não haviam dado resultado.

Não há a menor possibilidade de eu conseguir os duzentos mil dólares que peguei emprestado. Sem falar nos juros de cinqüenta por cento que eles cobram, desesperou-se.

Eu devia estar louco ao me aproximar deles. Mas tenho uma excelente linha de produtos, considerou. Se eu conseguir pelo menos me manter, as coisas vão melhorar. Só que agora eu preciso convencer os Badgetts a me deixarem rolar a dívida.

No ano que se passara desde que seus problemas financeiros começaram, Hans havia emagrecido dez quilos. Seu cabelo castanho-claro ficou marcado por fios grisalhos. Ele sabia que a mulher, Lee, estava morrendo de preocupação com ele, embora não fizesse idéia de como a situação estava ruim. Não havia lhe contado sobre o empréstimo, optando por dizer apenas que precisavam economizar. Ora, eles haviam praticamente desistido de sair para jantar.

A próxima saída da via expressa levava para a mansão dos Badgetts. Hans sentiu as palmas da mão começando a suar. Eu fui muito atrevido, pensou, ao acionar o pisca-pisca. Cheguei da Suíça aos 12 anos de idade sem falar uma palavra em inglês. Depois de ser laureado ao me formar no MIT, achei que poria fogo no mundo. E consegui mesmo fazer isso por um tempo. Achava que era imune ao fracasso.

Cinco minutos depois, ele estava chegando à propriedade dos Badgetts. Os portões estavam abertos. Carros em fila aguardavam a autorização de um guarda postado ao final de uma longa e sinuosa entrada de veículos. Evidentemente, os Badgetts estavam dando uma festa.

Hans ficou ao mesmo tempo aliviado e decepcionado. Vou ligar e deixar um recado, pensou. Talvez, quem sabe, eles me dêem mais prazo.

Enquanto fazia o retorno, tentava ignorar a voz interior que o alertava para o fato de que gente como os Badgetts nunca dava mais prazo.

Sterling, Nor e Billy entraram pela porta dos fundos da mansão dos Badgetts bem a tempo de ouvirem uma pilha de insultos ao pobre chef *pâtissier*. Sterling correu até a cozinha para ver o que estava acontecendo e encontrou o chef arrumando alguma coisa freneticamente nos dizeres do bolo.

Idade errada?, perguntou-se Sterling. Uma vez tinha ido a uma festa em que a filha de 12 anos havia feito um bolo surpresa para a mãe. Ao levar o bolo com as velas acesas, toda orgulhosa, a mãe quase desmaiou. A idade que ela vinha escondendo com tanto cuidado estava revelada claramente em letras rosa-choque sobre o bolo de baunilha. Lembro de pensar que quem não soubesse ler podia sempre contar, pensou Sterling. Não foi algo muito generoso da minha parte.

Felizmente, o erro deste chef foi pequeno. Com alguns giros de seu tubo de confeitar, transformou Betty-Anna em Heddy-Anna. Nor e Billy foram atraídos até a cozinha pelo alvoroço.

— Cuidado para não cantar "Parabéns, Betty-Anna" — sussurrou Nor para Billy.

— Fiquei tentado, mas quero sair daqui vivo.

Sterling seguiu atrás quando os dois entraram no salão. Nor passou os dedos sobre o piano, Billy tirou a guitarra do estojo, e os dois testaram os microfones e o sistema de som.

Charlie Santoli foi incumbido de lhes dar uma lista das canções preferidas dos irmãos.

— Eles não querem que vocês façam tanto barulho que as pessoas não consigam pensar — disse ele, nervoso.

— Somos músicos. Não fazemos barulho — disse Nor em tom áspero.

— Mas quando a Mama estiver conectada via satélite, vocês vão puxar o "Parabéns", e então terão que cantar bem alto.

A campainha tocou, e a primeira leva de convidados foi recebida.

Sterling sempre gostara de estar rodeado por pessoas. Observou atentamente os convidados que entravam e, ao ouvir as conversas, percebeu que algumas pessoas muito importantes estavam presentes.

A impressão que teve de um modo geral foi de que estavam ali unicamente por causa da imensa doação ao Centro da Terceira Idade e que, depois da festa, todos adorariam esquecer os irmãos Badgetts. Mas vários convidados pararam para admirar o retrato que ficaria exposto na nova ala.

— Sua mãe é uma mulher muito bonita — disse sinceramente a presidente da diretoria do centro, assentindo diante do retrato. — Tão elegante, tão digna. Ela vem visitá-los com freqüência?

— Minha preciosa mãe não gosta de viajar — disse Junior.

— A Mama passa mal em aviões e navios — lamentou Eddie.

— Então é claro que vocês a visitam na Valônia — observou ela.

Charlie Santoli havia se unido a eles.

— É claro que sim, sempre que podem — disse ele, demonstrando tranqüilidade.

Sterling sacudiu a cabeça. Ele não está falando a verdade.

Billy e Nor começaram a tocar a primeira canção e foram imediatamente cercados por uma platéia que gostou do que ouviu. Nor era uma ótima cantora, com uma voz rouca atraente. Billy, porém, era excepcional. De pé no meio do público, Sterling ouviu comentários cochichados.

— É um jovem Billy Joel...

— Vai ser uma estrela...

— E é lindo — arrulhou a filha de um dos membros da diretoria.

— Billy, toque "Be There When I Awake"*.

O pedido provocou aplausos espontâneos.

Movimentando os dedos com leveza nas cordas do violão, Billy começou a cantar "I know what I want... I know what I need"**.

Deve ser o sucesso dele, pensou Sterling. Até para os meus ouvidos fora de moda, é muito boa.

Graças à música, o clima na festa esquentou. Os convidados começaram a interagir, com as taças sempre cheias de excelentes vinhos e enchendo os pratos com a comida verdadeiramente espetacular.

Às 19h15, os irmãos Badgetts estavam radiantes. A festa era um sucesso. Eles eram um sucesso.

Nesse momento, Junior pegou o microfone e limpou a garganta.

---

*Esteja aqui quando eu acordar. (*N. da T.*)
**Sei o que quero... Sei do que preciso. (*N. da T.*)

— Quero dar as boas-vindas a todos vocês, e meu irmão e eu esperamos que estejam se divertindo muito. É um prazer ter vocês como nossos convidados, e estamos muito, muito felizes de termos dado o dinheiro, quer dizer, de termos doado o dinheiro para que a ala do Centro da Terceira Idade seja conhecida como ala Mama Heddy-Anna, em homenagem ao aniversário de 85 anos da nossa santa mãe. E agora, graças ao milagre do satélite, da histórica cidade de Kizkek, onde meu irmão e eu crescemos, aparecerá a nossa Mama. Ela ficou acordada muito além de sua hora de dormir para estar conosco porque está se sentido muito honrada. Agora peço que todos se reúnam para cantar "Parabéns pra você" em sua homenagem. Nosso maravilhoso Billy Campbell e sua mãe, essa boneca da Nor Kelly, vão nos conduzir na melodia.

Ouviram-se alguns aplausos isolados. O bolo de aniversário foi trazido até o salão, incandescente com suas 86 velas. A tela de 120 polegadas desceu do teto, e o rosto austero de Mama Heddy-Anna surgiu para preenchê-la.

Ela estava sentada numa cadeira de balanço, tomando *grappa*.

Os olhos de Eddie se encheram de lágrimas, e Junior jogou beijos para a tela enquanto os convidados cantaram "Parabéns pra você" em valão, respeitosamente, colando a letra de folhas de música marcadas foneticamente.

Com as bochechas infladas como dois balões vermelhos, Mama soprou as velas do bolo que os filhos haviam mandado num avião fretado para a Valônia. Foi quando ficou absolutamente claro que ela havia passado o tempo além de seu horário de dormir bebendo mais *grappa* do que o normal. Num inglês claudicante, começou a dizer palavrões e a reclamar em voz alta que os filhos nunca iam visitá-la e que ela não estava se sentindo muito bem.

Junior baixou rapidamente o volume, mas não antes de ela gritar:

— Quanta coisa ruim vocês fazem que não podem vir ver a Mama antes que ela morra? Nem uma vez em todos estes anos.

Billy e Nor imediatamente começaram outra rodada vigorosa de "Parabéns pra você". Desta vez, porém, ninguém os acompanhou, e a transmissão foi encerrada com a inesquecível visão da Mama dando vexame na frente dos filhos e dos convidados ao ter um acesso de soluços.

A risada de Jewel saiu como um trinado agudo:

— A Mama tem um ótimo senso de humor, não é? Eu adoro ela.

Júnior empurrou Jewel para o lado e saiu do salão. Eddie seguiu logo atrás.

Nor sussurrou rapidamente para Billy:

— Isso é um desastre. O que vamos fazer? Ele nos disse para tocar "Ela é uma boa companheira" enquanto as pessoas comiam o bolo.

— E depois um medley de canções sobre mães, começando com "I'll always love my Mama, She's my favourite girl..."*

Que tal "Little old lady, time for tea"**, pensou Sterling. Era um sucesso no meu tempo.

— É melhor conferir o que eles querem que façamos agora. Não vou correr nenhum risco nem tentar adivinhar com

---

*Sempre amarei a minha mama, ela é a minha garota preferida. (*N. da T.*)
**Boa velhinha, está na hora do chá. (*N. da T.*)

eles — disse Nor, olhando para as expressões estupefatas dos convidados no salão.

Caminhando rapidamente atrás de Nor e Billy, Sterling pressentiu o desastre iminente. Junior e Eddie estavam desaparecendo num cômodo ao final do corredor.

Billy e Nor correram para alcançá-los, e Billy bateu na porta que agora estava fechada. Como não houve resposta, ele e Nor se entreolharam:

— Vamos arriscar — sussurrou Nor.

Vão para casa, torceu Sterling, sabendo que estava um ano atrasado para sequer pensar nisso.

Billy girou a maçaneta e abriu a porta com cuidado. Ele e Nor entraram no que parecia ser uma pequena sala de recepção. Estava vazia.

— Eles estão lá dentro — sussurrou Nor, apontando para uma sala interior, que podia ser vista por uma porta entreaberta. — Talvez fosse melhor...

— Espere um pouco. Eles estão conferindo os recados na secretária eletrônica.

Uma voz eletrônica anunciava:

— Você tem um recado novo.

Nor e Billy hesitaram, sem saber se deviam esperar ou sair, mas então o recado que ouviram por acidente congelou-os no lugar.

Era o apelo de um homem que parecia desesperado, implorando por "uma extenchão do prazo" para pagar um empréstimo.

A secretária eletrônica desligou, e eles ouviram Junior gritar:

— O seu tempo acabou, cara. Eddie, tome conta disso. Diga aos rapazes que queimem o depósito dele agora. Não quero saber daquilo ainda de pé amanhã.

— Não vai sobrar nada — garantiu-lhe Eddie, parecendo muito mais alegre, sem pensar na Mama por um instante.

Billy levou o indicador aos lábios. Silenciosamente, ele e Nor saíram da sala na ponta dos pés e correram de volta ao salão.

— Vamos pegar as nossas coisas — sussurrou Billy. — Vamos cair fora.

O que eles não perceberam, mas Sterling sim, foi que Charlie Santoli, na outra ponta do corredor, havia visto os dois saindo do escritório.

A sala de espera celestial estava cheia de recém-chegados olhando em volta e tentando se habituar ao que os cercava. O anjo encarregado recebera a ordem de pendurar uma grande placa de NÃO PERTURBE na porta da sala de reuniões. Vários ex-executivos top de linha, que não estavam acostumados a ficar esperando, haviam entrado correndo a exigir uma reunião quando o anjo estava de costas.

Dentro da sala de reuniões, o Conselho Celestial acompanhava as atividades de Sterling com extremo interesse.

— Vocês notaram como ele ficou decepcionado quando Marissa sequer sentiu que ele estava no restaurante? — perguntou a freira. — Ele realmente ficou desconcertado.

— Essa é uma das primeiras lições que queríamos que ele aprendesse — disse o monge. — Durante o tempo em que viveu, muitas pessoas foram invisíveis para ele, que olhava através delas.

— Vocês acham que Mama Heddy-Anna vai aparecer na nossa sala de espera em breve? — perguntou o pastor. — Ela disse aos filhos que estava morrendo.

A enfermeira sorriu.

— Ela usou um dos truques mais velhos do mundo para fazer os filhos visitá-la. É forte como um touro.

— Eu não gostaria de enfrentá-la na arena — comentou ironicamente o toureiro.

— Aquele advogado está mesmo em apuros — disse a santa que Sterling achara parecida com a Pocahontas. — A menos que faça algo drástico em breve, quando chegar a sua vez, não será conosco que ele vai negociar.

— O pobre Hans Kramer está desesperado — observou a freira. — Os irmãos Badgetts não têm misericórdia nenhuma.

— O lugar deles é a cadeia — proclamou o almirante, com severidade.

— Você ouviu aquilo? — disse a rainha num tom quase chocado. — Eles vão incendiar o depósito daquele pobre homem.

Sacudindo as cabeças, os santos ficaram em silêncio, refletindo tristemente na falta de humanidade do homem em relação ao homem.

Os manobristas corriam freneticamente para entregar os carros aos convidados que saíam da casa. Sterling recostou-se numa coluna na varanda e inclinou-se para ouvir as reações dos convivas de partida.

— Que esquisito!

— Que devolvam o dinheiro deles. Eu vou doar dois milhões para aquela ala — disse uma matrona em tom irritado.

— Lembrei do filme *Jogue a mamãe do trem*. Aposto que é isso que aqueles dois estão com vontade de fazer agora — riu o marido de uma integrante da diretoria.

— Pelo menos a comida estava boa — disse alguém em tom condescendente.

— Imagino que você tenha ouvido que os dois não puseram os pés na Valônia desde que saíram de lá. Imagine por quê.

— Você gostou da Mama, não é?

Sterling notou que os dois senadores estavam gritando com seus assessores enquanto eram levados embora. Provavelmente estão preocupados com o fato de que aparecerão nos tablóides participando de festa com mafiosos, pensou Sterling. Deviam saber o que o Junior vai fazer com o depósito de um pobre coitado. Mal podia esperar para entrar no carro de Nor e Billy e ouvir o que os dois tinham a dizer sobre tudo o que havia acontecido.

Um convidado que claramente havia tomado a mesma quantidade de vodca que a Mama tomara de *grappa* começou a cantar "Parabéns pra você" em valão, mas sem a folha de música marcada foneticamente para consultar. Quando passou para o inglês, muitos outros convidados na mesma situação etílica se uniram a ele.

Sterling ouviu um manobrista perguntar a um dos convidados se seu veículo era um utilitário. O que será isso?, perguntou-se Sterling. Em seguida, o manobrista parou num daqueles caminhõezinhos. Então é isso, pensou Sterling. Por que será que chamam de utilitário?

O utilitário de Billy estava estacionado nos fundos. Não quero perdê-los de vista, pensou Sterling. Dois minutos depois, quando Nor e Billy apareceram carregando os equipamentos, ele estava instalado no banco traseiro.

Estava claro pelas expressões nervosas dos dois que eles estavam profundamente preocupados.

Sem dizer nada, carregaram o carro, embarcaram e ingressaram na longa fila de veículos ao longo da entrada. Não conversaram até estarem trafegando na rua principal. Então Nor perguntou, com as palavras jorrando:

— Billy, você acha que eles estavam falando sério quanto a incendiar o depósito de alguém?

— Com certeza, e temos muita sorte de eles não saberem que nós os escutamos.

Ah, não, pensou Sterling. O advogado — como ele se chama? Charlie Santoli — viu vocês saindo do escritório. Se ele disser aos Badgetts, vocês se deram mal.

— Não consigo parar de ter a impressão de que já ouvi aquela voz antes, a do recado na secretária eletrônica — disse Nor lentamente. — Você percebeu que ele disse "extenchão" e não "extensão" quando pediu mais prazo?

— Agora que você falou, acho que sim — concordou Billy. — Só achei que o coitado estava tão nervoso que praticamente gaguejava.

— Não, não foi isso. Talvez ele tenha um vício de fala. Acho que já esteve no restaurante. Se eu pelo menos me lembrasse de quem era, talvez pudéssemos avisá-lo.

— Quando chegarmos ao restaurante, vou ligar para a polícia — disse Billy. — Não quero usar o celular.

Percorreram o resto do trajeto em silêncio. No banco de trás, Sterling compartilhava da mesma ansiedade.

Já eram quase 21 horas quando chegaram ao Nor's Place. Os clientes de fim de ano estavam todos lá. Nor tentou cumprimentar as pessoas rapidamente. No mesmo instante, ela e Billy viram um velho amigo, Sean O'Brien, um detetive aposentado, sentado no bar.

Entreolharam-se.

— Vou pedir que se sente conosco. Ele vai saber o que devemos fazer — disse Billy.

Com um sorriso forçado no rosto, Nor foi até a sua mesa de sempre, na frente do restaurante. Desse ponto privilegiado, podia supervisionar a operação, receber as pessoas e cumprimentar os clientes com facilidade. Sterling uniu-se a ela, sentando-se na cadeira que ocupara algumas horas antes.

Billy veio até a mesa acompanhado por Sean O'Brien, um homem forte de mais ou menos 55 anos, com uma vasta cabeleira castanha com partes grisalhas, olhos castanhos alertas e um sorriso amigável.

— Boas festas, Nor — começou, sentindo imediatamente que havia algo de errado. — O que houve? — perguntou subitamente, assim que ele e Billy se sentaram.

— Fomos contratados para uma festa que os irmãos Badgetts ofereceram hoje à tarde — começou Nor.

— Os irmãos Badgetts? — O'Brien ergueu uma sobrancelha e ouviu atentamente enquanto os dois lhe contavam a respeito do recado na secretária eletrônica e da reação que ele provocara em Junior Badgett.

— Eu conheço a voz — encerrou Nor. — Tenho certeza de que aquele homem é cliente daqui.

— Nor, os agentes federais vêm tentando fazer alguma coisa colar nesses dois há anos. Eles são escorregadios como peixe em azeite de oliva. São bandidos, são maus. Se era uma ligação local, não me surpreenderia de ler amanhã nos jornais sobre um depósito que pegou fogo durante a noite.

— Há alguma coisa que possamos fazer para impedi-los? — perguntou Billy.

— Eu posso avisar os agentes federais, mas esses caras têm negócios em toda parte. Sabemos com certeza que estão presentes em Las Vegas e Los Angeles. Esse recado pode ser de qualquer lugar, mas, independentemente de onde for, não significa que o depósito seja nas proximidades do local.

— Não sabia que os Badgetts eram tão terríveis assim — disse Billy. — Ouvimos boatos, mas eles têm aquelas revendas de carros e barcos...

— Eles têm uma porção de negócios legítimos — disse O'Brien. — É assim que lavam o dinheiro. Vou dar alguns telefonemas. Os agentes federais vão querer pelo menos mantê-los sob vigilância, mas esses caras nunca sujam as próprias mãos.

Nor coçou a testa, a expressão tensa.

— Há um motivo pelo qual eu me lembro da voz. Esperem aí — chamou um garçom. — Sam, chame o Dennis aqui. Você fica cuidando do bar.

O'Brien olhou para ela.

— É melhor que ninguém mais fique sabendo que vocês ouviram aquela conversa.

— Confio em Dennis até a morte — disse Nor.

A mesa está ficando movimentada, pensou Sterling. Vou ter de me levantar. Sentiu a cadeira sendo puxada e saltou rapidamente. Não queria Dennis sentado em seu colo.

— ... e, Dennis, eu tenho certeza de que já ouvi aquela voz aqui no restaurante — concluiu Nor alguns minutos depois. — Ele pronunciou "extensão" como "extenchão". Dá para supor que tenha sido apenas nervosismo, mas pensei que talvez possa ser algum cara que se senta no bar e conversa com você de vez em quando.

Dennis sacudiu a cabeça.

— Não consigo pensar em ninguém, Nor. Mas sei o seguinte: se esse Badgett estava falando sério quando mandou incendiar um depósito, o sujeito que ligou para ele vai ficar "muito estrechado".

— Estrechado demais — concordou Billy.

Todos deram risadas nervosas.

Estão tentando usar o humor para disfarçar suas verdadeiras ansiedades, pensou Sterling. Se os irmãos Badgetts são tão maus quanto Sean O'Brien acredita que sejam, e se Nor e Billy precisam testemunhar sobre aquele telefonema... Pobre Marissa. Ela estava tão feliz hoje.

O'Brien levantou-se.

— Preciso fazer algumas ligações — disse. — Nor, posso usar o seu escritório?

— Claro.

— Você e Billy venham comigo. Quero que repitam ao telefone exatamente o que ouviram.

— Estarei no bar — disse Dennis, empurrando sua cadeira de volta ao lugar.

Se eu ainda estivesse vivo, aquela cadeira teria esmagado o meu dedão do pé, pensou Sterling.

— Nor, pensei que você e Billy iam fazer uma apresentação de fim de ano aqui no restaurante esta noite — disse um cliente sentado a uma mesa próxima. — Viemos especialmente para ouvir vocês dois cantarem.

— E vão ouvir — sorriu Nor. — Voltaremos em 15 minutos.

No escritório, O'Brien ligou para o seu contato no FBI, e Nor e Billy contaram mais uma vez o que haviam escutado. Quando o telefonema terminou, Nor encolheu os ombros.

— Então é isso. A menos que eu consiga me lembrar de quem é aquela voz, não tenho a menor utilidade para eles.

O celular de Billy tocou.

— É a Rissa — disse ele ao ver o número no identificador de chamadas. Sua expressão preocupada desanuviou. — Oi, querida... Acabamos de voltar... Não, nós não vimos nem a piscina nem a pista de boliche... Bom, eu não diria que eles são como os Sopranos.

— Eu diria — resmungou Nor.

— É, fizemos a nossa apresentação de sempre... — Billy riu — ... claro que estávamos sensacionais. As pessoas não queriam que parássemos. Querida, a NorNor vai dar um alô rápido e depois você vai para a cama. Nos vemos amanhã. Te amo.

Passou o telefone a Nor e virou-se para O'Brien.

— Você conheceu a minha filha Marissa, não conheceu?

— Claro. Eu achava que ela era a dona daqui.

— Ela acha que é.

Nor deu boa-noite a Marissa e sorriu com melancolia enquanto fechava o celular e o devolvia a Billy. Olhou para O'Brien:

— Não consigo deixar de me perguntar se aquele coitado que estava implorando por mais tempo para pagar o empréstimo sustenta uma família.

Billy passou os braços sobre os ombros dela e lhe deu um rápido abraço.

— Você está parecendo cansada, Mamãe, mas, embora deteste dizer, seu público a espera...

— Eu sei. Precisamos ir para lá. Dê um minuto para eu retocar a maquiagem.

O'Brien enfiou a mão no bolso.

— Aqui está o meu cartão. Se você lembrar de algo, pode me ligar a qualquer hora. Vou dar um para o Dennis também.

Às 21h30, quando Nor e Billy começaram a tocar, todas as mesas do restaurante estavam ocupadas. Fizeram duas apresentações de meia hora: uma às 21h30, e outra às 23h30, para a segunda leva de clientes.

São dois craques, pensou Sterling. Ninguém diria que os dois têm qualquer preocupação no mundo. No instante em que terminou a primeira apresentação, Nor fugiu para o escritório levando os livros de reservas dos últimos dois anos embaixo do braço. Sterling sentou-se ao seu lado, enquanto ela os folheava, percorrendo a lista e dizendo todos os nomes em voz alta.

Por várias vezes, parou e repetiu um nome, sacudiu a cabeça em seguida e continuou a ler. Ela está tentando ver se o nome do cara cuja voz eles ouviram lhe ocorre de repente, pensou Sterling.

A preocupação na expressão de Nor aumentava conforme ela ia falando um nome depois do outro. Mas então ela olhou no relógio e deu um pulo, abriu a bolsa e pegou o pó compacto. Em segundos, havia se maquiado levemente, retocado os olhos e lábios. Tirou o pente com pedrarias do cabelo e sacudiu a cabeça. Sterling ficou impressionado com a habilidade com que ela torceu as longas mechas entre os dedos, torcendo-as para cima, e prendeu-as novamente.

— Estou me sentindo um trapo — disse ela, em voz alta —, mas acho que o show deve continuar.

Você está linda, quis protestar Sterling. É uma mulher bonita de verdade.

Na porta do escritório, Nor soltou um rápido suspiro, mas, no instante seguinte, era toda sorrisos ao parar em todas as mesas para trocar algumas palavras com os clientes.

Sterling nota que o lugar está lotado, e é evidente pela forma como Nor conversa com todo mundo que todos são clientes freqüentes. Todos parecem gostar muito de falar um pouco com ela. E ela é boa nisso. Sterling ouviu-a perguntar sobre a mãe de um, o filho de outro, os planos de férias de um outro, e cumprimentar um rapaz e uma moça que haviam ficado noivos havia pouco.

O Conselho Celestial jamais dirá que ela não presta atenção nos outros, pensou Sterling. Isso é certo. Pena que eu não tenha sido mais assim.

Billy estava profundamente engajado numa conversa com um homem e uma mulher numa mesa de canto. Sterling resolveu ouvir o que eles estavam falando. Espero que ninguém mais venha se juntar a nós, pensou ao sentar-se na única cadeira vazia. Então, ao ouvir a essência da conversa, ergueu as sobrancelhas. Os dois eram executivos da gravadora Empire e queriam que Billy assinasse um contrato.

O homem estava dizendo:

— Não preciso lhe dizer quem já lançamos. Estamos acompanhando o seu trabalho há algum tempo, e você tem talento, Billy. Nossa oferta é de um contrato de dois discos.

— Fico muito lisonjeado e acho ótimo, mas você vai ter de falar com o meu empresário — disse Billy, sorrindo.

Ele está tentando esconder que ficou empolgado, percebeu Sterling. Um contrato com uma gravadora é o sonho de todo cantor jovem. Que dia maluco.

*

Os últimos boêmios deixaram o restaurante à meia-noite e meia. Nor e Billy sentaram-se no bar com Dennis enquanto ele terminava de limpar tudo. Nor ergueu um copo:

— Ouvi dizer que dá azar brindar com água, mas vou me arriscar. A Billy e seu novo contrato.

— Seu pai ficaria muito orgulhoso — disse Dennis.

— Pode apostar nisso — disse Nor, olhando para cima. — A você Bill, onde quer que esteja aí em cima. Seu garoto está se saindo bem.

Eu definitivamente preciso conhecê-lo, pensou Sterling. Viu o disfarçado toque de umidade nos olhos dos três. Billy tinha mais ou menos a idade de Marissa quando perdeu o pai. Deve ter sido terrivelmente duro para ele e Nor.

— Vamos cruzar os dedos para que tudo dê certo — disse Billy. — Não quero ficar muito empolgado desde já. Vou esperar até receber a oferta por escrito.

— Você vai receber — garantiu-lhe Nor. — Mas não pense que vai escapar de cantar comigo aqui no próximo fim de ano.

— Eu sei, Mamãe, e de graça — riu Billy.

— Você vai ter que contratar seguranças para controlar a multidão — disse Dennis, dobrando uma toalha. — Muito bem, era isso. Nor, você está parecendo terrivelmente cansada. Deixe-me levá-la para casa.

— Olhe, se eu morasse a 15 minutos de distância, do jeito que estou me sentindo agora, aceitaria. Mas pelos três minutos que vou levar, prefiro estar com o carro na porta de manhã. Você pode levar aqueles livros de reservas para mim. Vou me concentrar mais um pouco neles.

Deu um beijo suave no rosto de Billy:

— Nos vemos amanhã.

— Está bem. Vou subir. Não tente repassar os livros esta noite. Deixe para amanhã de manhã.

Os dois se entreolharam.

— Eu sei — disse Billy. — Até lá será tarde demais.

Então é ali que Billy mora, pensou Sterling. Ele deve ter um apartamento em cima do restaurante. Seria interessante ver como é a casa de Nor. Ela disse que fica a três minutos de carro dali. Não deve ser muito longe para voltar a pé. Mais uma vez ele se viu caminhando apressadamente pelo estacionamento, desta vez seguindo Nor e Dennis.

A temperatura havia caído muito nas últimas horas, pensou. Olhou para cima. Uma formação de nuvens começava a cobrir a lua e as estrelas. Inspirou fundo. Havia um toque de neve no ar. Eu era daqueles que preferiam o inverno ao verão, pensou. Annie me achava maluco. Se havia algo que ela adorava, era um dia na beira da praia. Lembro que a família dela tinha uma casa em Spring Lake.

O carro de Nor era um belo Mercedes sedã. Eu tinha um desses, lembrou Sterling, e em vários aspectos este aqui não é muito diferente do meu. Enquanto Dennis deixava os livros de reservas no chão do banco de trás e abria a porta do motorista para Nor, Sterling sentou-se na frente. Nunca gostei de andar no banco traseiro, pensou. Minhas pernas sempre ficavam espremidas.

Nor travou as portas e pôs o cinto de segurança. Todo mundo faz isso hoje em dia, pensou Sterling. Será que tem uma lei quanto a isso?

Ajeitou o chapéu, sorrindo ao lembrar que no ano seguinte Marissa iria zombar dele.

Quando saíam do estacionamento, levou um susto quando Nor resmungou em voz alta:

— Mama Heddy-Anna. Deus nos ajude!

Sterling sentiu-se um pouco culpado. Nor acha que está sozinha, e é daquelas pessoas que falam sozinhas. Eu fazia isso também, e morreria se soubesse que alguém estava me espionando.

Mas não tem problema, porque estou aqui para ajudá-los, justificou-se. Felizmente, ela ligou o rádio e ficou ouvindo o noticiário pelo resto do caminho.

A casa de Nor ficava no fim de uma rua sem saída, num grande terreno. No instante em que a viu, Sterling sentiu que era o lar perfeito para ela. Parecia uma casa de fazenda reformada. A parte exterior era de tábuas brancas com persianas pretas. A luz da varanda estava acesa, lançando uma luminosidade cálida sobre a porta da frente.

— Graças a Deus estou em casa — suspirou Nor.

Sei o que quer dizer, disse Sterling em voz alta, revirando os olhos. Graças a Deus ela não pode me ouvir. Eu poderia ter lhe provocado um ataque cardíaco.

Não vou ficar muito tempo, prometeu a si mesmo enquanto Nor vasculhou a bolsa atrás da chave e saiu do carro levando os livros de reservas.

Sterling foi até a porta de entrada, admirando os belos arbustos levemente cobertos de neve.

Assim que Nor abriu a porta, desligou o alarme e acendeu a luz, ele viu que ela também tinha extremo bom gosto. O térreo era todo um único ambiente muito grande, com paredes brancas e piso de madeira. À direita estava uma árvore de Natal que ia até o teto, decorada com luzinhas em formato de vela.

As três camadas da parte mais baixa demonstravam um evidente toque de Marissa. Enfeites de papel feitos a mão, vários outros muito coloridos e brilhantes e uma dúzia de pirulitos mostravam como ela achava que devia ser uma árvore de Natal.

Sofás fofos, tapetes persas, belos móveis antigos e quadros de primeira categoria preenchiam o resto do ambiente. O efeito era de uma intensa serenidade — se é que existe isso, pensou Sterling.

— Uma xícara de chocolate quente — murmurou Nor ao chutar os sapatos para o alto. Foi até a cozinha, largou os livros de reservas sobre a mesa e abriu a geladeira. Detestando a pressa, Sterling correu de um quadro a outro. Esses são valiosos, pensou. Gostaria de poder estudá-los de verdade. Achou uma cena de caça inglesa particularmente fascinante.

Como advogado de vários inventários quando vivo, havia desenvolvido um bom olho para a arte. As pessoas me diziam que eu podia ser um avaliador profissional, lembrou-se.

Foi atraído por uma escada que levava ao andar superior. Uma olhada rápida, e eu me mando, prometeu a si mesmo.

O quarto de Nor era o maior, com porta-retratos sobre a escrivaninha, a penteadeira e os criados-mudos. Eram todos pessoais, e muitos deles mostravam uma Nor muito mais jovem com o pai de Billy. Havia pelo menos meia dúzia de Billy com os pais, desde quando ele era um bebê. Parecia ter mais ou menos seis anos na última foto que mostrava os três juntos.

Sterling enfiou a cabeça no primeiro dos outros dois quartos. Era pequeno, mas aconchegante, com a aparência organizada de um quarto de hóspedes.

A terceira porta estava fechada. Um pequeno azulejo de porcelana dizia CANTO DA MARISSA. Quando abriu a porta,

Sterling sentiu uma bola na garganta. Essa criança está prestes a perder tanta coisa no próximo ano, pensou.

O quarto era encantador: mobília de vime branco, papel de parede azul e branco, colcha e cortinas de tecido branco. Uma estante de livros preenchia uma das paredes, e uma mesa com um quadro de cortiça decorava outra.

Ele ouviu os passos de Nor na escada. Estava na hora de ir embora. Ao lembrar que a porta estava fechada, fechou-a silenciosamente e ficou observando Nor entrar em seu quarto. No instante seguinte, com o colarinho do casaco levantado e o chapéu cobrindo o rosto o máximo possível, Sterling saiu caminhando rapidamente pela rua.

Tenho muito tempo para matar, pensou. Billy provavelmente está dormindo. Talvez eu passe para dar uma olhada em Marissa. Mas onde é exatamente que ela mora? Nunca tive muito senso de direção.

Até agora tinha havido muita movimentação para mantê-lo ocupado, mas, com todo mundo indo para a cama, sentiu-se um pouco sozinho enquanto caminhava pelas ruas vazias.

Será que eu devo tentar entrar em contato com o Conselho Celestial?, perguntou-se. Ou eles decidirão que eu não sou capaz de cumprir esta tarefa? E, se fizerem isso, o que acontece depois?

De repente, alguma coisa atraiu o seu olhar.

O que é aquilo?

Um pedaço de papel caiu flutuando do céu e parou quando estava exatamente diante dele. Sterling puxou-o, desdobrou-o e foi para perto do poste mais próximo para ler o que estava escrito.

Era um mapa da cidade. A casa de Marissa e o Nor's Place estavam bem marcados. Uma linha pontilhada ia de um ponto indicando “você está aqui” e dava instruções precisas — “quatro quadras para o leste... vire uma quadra à esquerda, depois à direita” — até a casa de Marissa. Uma segunda linha pontilhada mostrava o caminho de lá até o restaurante.

Sterling olhou para cima, para além da lua, além das estrelas, para a eternidade. Obrigado. Muito obrigado, sussurrou.

Independentemente do horário, Dennis Madigan sempre lia o *New York Post* antes de se ajeitar para dormir. Sua mulher, Joan, aprendera havia muito tempo a dormir com o abajur dele aceso.

Nesta noite, porém, ele não conseguia se concentrar no jornal. Sabia que nem Nor nem Billy tinham noção de que suas vidas podiam estar correndo sério perigo. Se os Badgetts eram tão maus como Sean O'Brien os descrevera... Dennis sacudiu a cabeça. Quando trabalhava em bares de Manhattan, tinha visto e ouvido muita coisa sobre gente daquele tipo. Nada de bom.

Extensão. "Extenchão". O que isto me lembra?, perguntou a si mesmo enquanto folheava irritado as páginas do jornal. Nor acha que o homem pode ser alguém que vai ao restaurante. Mas não pode ser um cliente freqüente, se não eu o conheceria.

— Extenchão — disse, em voz alta.

Joan abriu os olhos e piscou.

— O quê?

— Nada. Desculpe, querida. Volte a dormir.

— Para você, é fácil dizer isso — resmungou, virando-se de costas para ele.

Dennis pulou para a seção de televisão do *Post* e sorriu ao ler a divertida crítica de Linda Stasi sobre um especial cafona de fim de ano.

Ainda sem nem um pingo de sono, embora já fossem 3h30, começou a passar os olhos pelas páginas de restaurantes. A crítica sobre um novo restaurante do centro chamou a sua atenção. "Começamos com uma sopa...", dizia o colunista.

Parece um bom lugar, pensou Dennis. Preciso conferir. Ele e Joan gostavam de ir à cidade de vez em quando para experimentar lugares novos.

Ficou olhando fixamente para o jornal. Sopa. Lembrou de um garçom sabichão do Nor's — que não durara muito tempo — fazendo graça a respeito de um cliente que pedira "chopa" da última vez e agora queria uma "chalada".

Qual era o nome do cliente?, pensou Dennis. Posso vê-lo na minha frente. Ele e a mulher sempre tomavam um drinque no bar. Gente boa. Não pensei nele imediatamente porque esse era o único indício de sotaque que tinha, e fazia tempo que ele não aparecia...

Mentalmente, podia enxergar seu rosto. É da região, pensou Dennis. E o nome dele... o nome dele... parece europeu...

Hans Kramer!

É isso! É esse o nome dele!

Dennis agarrou o telefone. Nor atendeu ao primeiro toque.

— Nor, descobri. O cara da secretária eletrônica. Poderia ser Hans Kramer?

— Hans Kramer — disse ela, lentamente. — Não me parece familiar. Não me lembro...

— Pense, Nor. Ele pediu "chopa" e "chalada".

— Ah, meu Deus, é claro... você tem razão. — Nor apoiou-se num cotovelo e levantou-se na cama. O cartão de Sean O'Brien estava apoiado no pé do abajur sobre seu criado-mudo. Ao pegá-lo, pôde sentir a adrenalina percorrendo seu corpo. — Sei que Kramer faz alguma coisa relacionada com computadores, Dennis. Talvez tenha um depósito. Vou ligar para Sean O'Brien imediatamente. Só espero que não seja tarde demais.

Quando Sterling aproximou-se da casa de Marissa, tudo parecia calmo e tranqüilo. O interior estava todo às escuras, exceto por uma luz fraca cintilando através de uma janela do andar de cima.

Minha mãe costumava deixar a luz do corredor acesa para mim, lembrou. E deixava a porta do meu quarto entreaberta para que eu pudesse vê-la. Como eu era medroso, pensou, com um sorriso. A luz era o de menos. Dormi agarrado ao ursinho de pelúcia até os dez anos de idade.

Ele notou uma plaquinha que indicava que a casa tinha alarme contra roubo e resolveu entrar sem se preocupar em abrir a porta, caso o equipamento de segurança estivesse acionado. Tinha a sensação de que o Conselho Celestial queria que ele se movimentasse como todo mundo, exceto quando isso prejudicasse seu trabalho, mas estava seguro de que não queriam que ele saísse disparando alarmes.

Subiu as escadas nas pontas dos pés e passou por cima do portão de segurança de Roy, levantando bastante as pernas para não tocar nele. Que altura ele acha que essas crianças têm, afinal? imaginou Sterling ao sentir um puxão na bainha da calça. Quando viu, estava tropeçando no chão do corredor.

Graças a Deus eu não faço barulho, pensou, olhando fixamente para o teto. Seu chapéu tinha saído voando. Levantou-se lentamente, consciente de uma leve dor nas costas. Depois de recuperar o chapéu, retomou a tentativa de visitar Marissa.

O quarto dela era o último no fim do corredor. As portas de todos os quartos estavam levemente entreabertas. Um ronco leve vinha de dentro do quarto de casal. Quando passou pelo quarto dos pequerruchos, ouviu o barulho de um dos meninos se mexendo. Hesitou e ficou ouvindo atentamente, mas então a criança pareceu sossegar novamente.

Muito embora a noite estivesse começando a ficar nublada, havia luz suficiente do céu para que ele visse o rosto de Marissa claramente. Ela estava enrolada na cama, com o cabelo caindo suavemente sobre o rosto e as cobertas enfiadas ao redor.

Uma pilha de caixas no canto era testemunha do fato de que ela havia recebido um monte de presentes de Natal e aniversário. Nada surpreendente, pensou Sterling. Eu mesmo adoraria poder lhe dar alguma coisa.

Sentou-se na mesma poltrona em que viria a se sentar no ano seguinte, quando conversaria com Marissa pela primeira vez. Dali, pôde observar seu rosto. Parece um anjo, pensou ele, com carinho. Se pelo menos não precisasse passar pela mudança que está vindo por aí. Se pelo menos eu tivesse o poder de manter seu mundo como está agora. Mas não posso. Então, no ano que vem, farei tudo o que puder para devolver as coisas aos seus devidos lugares. Custe o que custar, decidiu.

E não só porque quero ir para o céu. Eu realmente quero ajudá-la. Ela parece tão pequena e vulnerável. É difícil imaginar que seja a mesma garotinha que estava tentando dar ordens no restaurante hoje e que não perdeu tempo telefonando para o pai para ser informada sobre a festa.

Com um sorriso que terminou num suspiro, Sterling levantou-se e saiu do quarto. Quando estava no corredor, ouviu um dos pequerruchos começando a chorar. E então o outro se uniu a ele.

Sorte que eles não precisam de mim, pensou Sterling. No instante seguinte, Roy desabalou do quarto dele e entrou no das crianças.

— O Papai está aqui — sussurrou. — Roy Junior, Robert, o papai está aqui.

Denise treinou-o bem, pensou Sterling. Meus amigos costumavam se fazer de surdos quando os filhos começavam a chorar no meio da noite. Mas os tempos mudaram.

Fui filho único, pensou enquanto descia as escadas. Meus pais tinham mais de quarenta anos quando nasci. Virei o centro do universo deles. Os dois já estavam no céu muito antes de eu chegar à sala de espera celestial.

Será tão bom ver Mamãe e Papai novamente, pensou, olhando mais uma vez para o céu.

Consultou o mapa antes de sair da casa e seguiu na direção do restaurante de Nor. Ao percorrer as ruas silenciosas, de repente sentiu uma forte necessidade de urgência. Embora não viesse de nenhum lugar por perto, o cheiro de fumaça começava a ser sentido.

Eles conseguiram!, pensou. Acabaram de atear fogo no depósito.

Sean O'Brien havia passado vinte anos no Departamento de Polícia do Condado de Nassau. Nesse período, aprendera a esperar telefonemas de madrugada se houvesse algum acontecimento importante num caso em que estivesse trabalhando.

Quando o telefone tocou às 3h40, Sean acordou imediatamente e atendeu. Como imaginava, era Nor.

— Sean, acabei de falar com o Dennis. Ele lembrou do nome do cara na secretária eletrônica, e tem razão. Com certeza absoluta, ele tem razão.

— Quem é?

— O nome é Hans Kramer. Ele mora em Syosset e tem uma espécie de empresa de software. Vai ao restaurante de vez em quando.

— Está certo, Nor. Cuidarei disso agora mesmo.

Perfeitamente acordado, Sean sentou-se do lado da cama. Estava sozinho no quarto. A mulher, Kate, era enfermeira e estava fazendo o turno da noite na ala de pediatria do hospital da North Shore.

Seu primeiro telefonema foi para a central da polícia em Syosset. Havia a chance de eles conhecerem Kramer.

A aposta mostrou-se acertada. Nick Amaretto, o tenente encarregado do horário, sabia exatamente quem era Kramer.

— É um cara legal. Mora na cidade há vinte anos. Fez parte da associação de moradores por um tempo. Dirigiu a representação local da Cruz Vermelha há uns dois anos. Tem uma empresa de software.

— Ele tem um depósito?

— Tem. Comprou um terreno na área perto da via expressa que tinha aquele monte de motéis ordinários. Construiu um pequeno complexo bem bacana, com um escritório e um depósito.

— Recebi a informação de que o depósito pode ser incendiado. Um caso de empréstimo vencido com os irmãos Badgetts.

— Puxa vida. Vamos para lá imediatamente. Vou entrar em contato com o esquadrão antibombas e os bombeiros.

— Vou ligar para os agentes federais. Falamos mais tarde.

— Só um minuto, Sean — disse o tenente. — Tem alguma coisa importante entrando no rádio.

Antes mesmo de Amaretto voltar ao telefone, Sean O'Brien soube que era tarde demais. O complexo Kramer já estava em chamas.

Hans Kramer recebeu a ligação do serviço de segurança às 3h43. Os detectores de fumaça do depósito haviam sido ativados. Os bombeiros estavam a caminho.

Num desespero silencioso, Hans e a mulher, Lee, vestiramse de qualquer jeito, enfiaram os primeiros tênis que viram, pegaram os casacos e correram para o carro.

Abri mão de grande parte da cobertura do seguro, pensava Hans desesperadamente. Não tinha como pagar os prêmios. Se os bombeiros não conseguirem salvar o depósito, o que eu vou fazer?

Sentiu um aperto no peito. Embora o carro ainda não estivesse aquecido, ele estava transpirando.

— Hans, você está tremendo — disse Lee, com a voz cheia de preocupação. — Por pior que seja, nós vamos dar um jeito. Prometo que vamos dar um jeito.

— Lee, você não está entendendo. Eu peguei dinheiro emprestado. Muito dinheiro. Achei que conseguiria pagar. Tinha certeza de que o negócio ia melhorar. — A estrada estava quase vazia. Kramer acelerou, e o carro correu mais.

— Hans, o médico já disse que você precisa se cuidar. Aquele seu último exame de estresse não estava muito bom. Por favor, acalme-se.

Estou devendo trezentos mil dólares a eles, pensou Hans. O depósito vale três milhões, mas o meu seguro só cobre a hipoteca. Não vou ter dinheiro para pagar o empréstimo.

Quando viraram na rua que levava ao complexo, Hans e Lee ficaram sem ar. A distância, já dava para ver as chamas se levantando na escuridão, chamas ferozes, cercadas por uma grossa fumaça ondulada.

— Ah, meu Deus — sussurrou Lee.

Em choque, Hans não disse nada. Eles fizeram isso, pensou. Os Badgetts. Essa é a resposta deles ao meu pedido de mais prazo para o pagamento do empréstimo.

Quando Hans e Lee chegaram ao depósito, este estava cercado por caminhões de bombeiros. Milhares de litros de água de mangueiras de alta pressão estavam sendo despejados sobre o inferno, mas era evidente que as chamas não podiam ser contidas.

Quando Hans abriu a porta do carro, foi atingido por uma gigantesca onda de dor e caiu no chão.

Instantes depois, sentiu alguma coisa sendo presa às suas narinas, um chacoalhão no peito e mãos fortes o erguendo. De um jeito maluco, sentiu-se aliviado.

Estava tudo fora do seu controle.

Sterling voltou ao restaurante e não se surpreendeu ao ver Nor saindo de seu carro no estacionamento. Eles já devem ter ficado sabendo do incêndio, pensou ao começar a correr.

Seguiu Nor para dentro do prédio até o apartamento de Billy, que abrangia todo o segundo andar. Dennis já estava lá, e Billy tinha feito café.

— Sean está a caminho — disse Nor a Billy. Estava sem maquiagem. O cabelo estava preso com um pente, mas longas mechas caíam sobre o pescoço e o rosto. Vestia um conjunto de moletom azul-claro e tênis.

Billy vestia calças jeans amarrotadas, camisa de brim amassada e mocassins velhos. Seus olhos pareciam cansados, e ele precisava se barbear.

Dennis vestia um agasalho cinza da Madison Village e calças batidas de veludo.

— Sean disse que precisa falar conosco imediatamente — disse Nor enquanto Billy servia café em canecas, e os três iam para a mesa da sala de jantar.

Da cadeira que escolheu, Sterling podia ver a sala de estar. A casa de Billy era um confortável apartamento de solteiro, levemente desarrumado, com tênis embaixo da mesa de centro e uma pilha de jornais em cima. O sofá e as poltronas eram muito simples, mas pareciam convidativos.

Estava claro que Billy trabalhava com sua música na sala de estar. Havia duas guitarras encostadas no piano e folhas de música espalhadas pelo sofá.

Como na casa de Nor, muitos dos enfeites caseiros da árvore de Natal pareciam ter o toque de Marissa.

O toque da campainha indicou que Sean O'Brien havia chegado. Billy abriu a porta pelo interfone e esperou que ele subisse as escadas.

O'Brien estava com uma expressão muito séria. Assentiu quando Billy perguntou se queria café, juntou-se aos demais na mesa e contou sobre o incêndio.

— O estrago foi muito grande? — perguntou Nor.

— O pior possível — respondeu O'Brien. — Hans Kramer está no hospital. Teve um ataque cardíaco muito grave, mas deve sair dessa.

Nor respirou fundo.

— Ah, não.

— O depósito queimou completamente — continuou O'Brien. — Não sobrou absolutamente nada. Foi trabalho de especialista.

— Foi criminoso mesmo? — perguntou Nor, sem rodeios, já sabendo a resposta.

— Foi.

— E o que acontece agora? — perguntou Billy.

— O FBI chegará logo. Precisam ouvir vocês. Seus testemunhos envolvem os Badgetts diretamente. Quando Kramer estiver bem, vamos ouvi-lo. Depois, os agentes federais irão indiciá-los. Como vocês ouviram a ordem de Junior para incendiar o depósito, parece que desta vez finalmente haverá um caso consistente contra eles. Mas preciso alertá-los para o fato de que é absolutamente imperativo que ninguém saiba que vocês dois são testemunhas.

Billy e Nor se entreolharam.

— Acho que compreendemos isso — disse Billy.

— Eu certamente compreendo — disse Dennis, com amargura.

Sterling sacudiu a cabeça. O advogado, pensou. O advogado dos Badgetts, Charlie Santoli. Ele viu Billy e Nor saindo do escritório. Será que os Badgetts já sabem disso?

Às 7h30 da segunda-feira, Charlie Santoli desceu até a cozinha da sua casa em Little Neck, em Long Island. Sua mulher, Marge, já estava lá preparando o café da manhã.

Com as mãos na cintura e uma expressão preocupada no rosto, olhou fixamente para ele.

— Parece que você está sem dormir há uma semana, Charlie — disse ela, bruscamente.

Charlie levantou a mão.

— Marge, não comece. Eu estou bem.

Marge era uma mulher atraente e de formas generosas, com cabelos curtos castanhos, um tom que mantinha com visitas regulares ao salão de beleza local. Havia anos, tinha um horário fixo todos os sábados para lavá-los e penteá-los, além de fazer as unhas. E um sábado por mês fazia uma máscara facial de algas marinhas e renovava a tintura dos cabelos.

Jamais permitia que as circunstâncias silenciassem sua língua espirituosa. Era conhecida por conversar com outras clientes do salão sentada embaixo do secador. Claro que isso significava ter que gritar para ser ouvida, mas, como Charlie havia descoberto, ela nascera com o dom da fala de seus ancestrais irlandeses. Nada impedia que tivesse a primeira e a última palavras.

Agora ela continuou examinar o marido, observando-lhe o rosto, percebendo as rugas de cansaço em torno dos olhos, os lábios apertados, o leve tremor de um músculo na face, e começou com a velha ladainha:

— Você está horrível, e tudo porque aqueles dois o estão enlouquecendo.

Um alarme tocou. Marge se virou e, com a mão enluvada, tirou uma fôrma de bolinhos de milho recém-assados do forno.

— Pelo menos dormiu um pouco esta noite?

Dormi?, perguntou-se Charlie. Estava com dor de cabeça e sentia o estômago embrulhado e apertado. Respondeu encolhendo os ombros.

Na noite anterior, quando chegara em casa às 21 horas, Marge o atacara, querendo detalhes da festa, mas ele havia implorado por um pouco de sossego.

— Marge, dê um tempo para eu me recuperar.

Misericordiosamente, foi exatamente o que ela fez, ajudada pelo fato de que um filme antigo de Natal de que ela sempre gostara estava prestes a começar num canal a cabo desconhecido. Com uma caixa de lenços de papel ao lado do sofá e uma xícara de chá na mesa em frente, Marge havia se preparado alegremente para chorar bastante.

Imensamente aliviado por conseguir um adiamento, Charlie preparou um bom uísque e afundou-se no jornal de domingo.

Marge quase morrera por perder a festa dos Badgetts, principalmente com a deliciosa perspectiva de ver Mama Badgett na televisão por satélite. O que a impedira de ir fora um encontro de fim de ano com as colegas do Colégio St. Mary que vinha sendo planejado havia muito tempo. Como presidente do evento, fora a responsável pela escolha da data e, portanto, simplesmente não podia deixar de ir. Como Charlie observara, ela fora vítima de sua própria munição.

Agora, ela servia um bolinho num prato, que pôs diante dele.

— Não fique aí de pé — disse. — Sente-se e coma como um ser humano normal.

Era inútil protestar. Obedientemente, Charlie puxou uma cadeira enquanto ela servia uma xícara de café. Suas vitaminas já estavam arrumadas ao lado de um copo de suco de laranja espremida na hora.

Se ele pelo menos pudesse ligar para os Badgetts e dizer que nunca mais entraria na casa ou no escritório deles novamente. Se pelo menos pudesse simplesmente ficar ali sentado naquela cozinha aconchegante com Marge, tomando um café da manhã tranqüilo sem ter que sequer pensar nos irmãos novamente.

Marge serviu o próprio café e passou uma quantidade generosa de geléia sobre um bolinho.

— Agora me conte — ordenou. — O que foi que aconteceu na festa? Pelo jeito como você chegou se arrastando ontem à noite, deve ter sido terrível. A transmissão por satélite não funcionou?

— Infelizmente, funcionou perfeitamente.

Ela arregalou os olhos.

— Como assim, "infelizmente"?

— Mama Heddy-Anna estava bêbada. — Charlie relatou o resto da história sem omitir nenhum detalhe e terminou com uma vívida descrição da Mama Heddy-Anna fazendo pouco caso da alta sociedade da North Shore.

Frustrada, Marge socou a mesa com o punho cerrado.

— Não acredito que perdi isso. Por que só vou com você a festas chatas? E pensar que fui eu quem disse que o fim de semana de Ação de Graças era ruim para fazermos nosso encontro. O que eu fiz para merecer isso?

Charlie tomou o último gole de café.

— Eu queria ter perdido! Aqueles dois vão estar num humor insuportável hoje. — Estava louco para dizer a Marge que agora ficava claro para todos os presentes na festa que os irmãos Badgetts não haviam voltado para a Valônia desde que saíram de lá e relacionar o fato com as palavras da própria mama: "Quanta coisa ruim vocês fazem que não podem vir ver a Mama?"

Charlie nunca havia tido coragem de contar a Marge que só depois de estar envolvido demais para sair é que havia descoberto toda a gravidade da situação na Valônia. Junior e Eddie haviam sido condenados, *in absentia*, à prisão perpétua por uma porção de crimes em que Charlie não queria nem pensar. Eles nunca poderiam voltar, e ele nunca poderia afastar-se deles.

Com uma sensação parecida com desespero, levantou-se, beijou a testa de Marge, foi até o armário, vestiu o sobretudo, pegou a maleta e saiu.

O prédio do escritório dos Badgetts em que Charlie trabalhava ficava em Rosewood, a cerca de 15 minutos da propriedade. Junior e Eddie já se achavam lá quando Charlie chegou. Estavam no escritório particular de Junior, e, para surpresa de Charlie, ambos exibiam um humor excelente. Imaginara que os encontraria com um mau humor horroroso e dando um jeito de descontar nele pelo menos parte do fiasco da Mama.

No caminho de Little Neck até ali, havia preparado a própria defesa: "Eu sugeri que fizessem a doação, dessem a festa e apresentassem o retrato. A transmissão por satélite foi idéia de vocês."

Mas claro que Charlie sabia que essa era a última coisa que poderia dizer. Qualquer dica de que a aparição da Mama havia sido qualquer coisa menos do que um encanto seria imperdoável. A esta altura, os irmãos teriam encontrado outro motivo pelo qual a festa havia sido um fracasso colossal.

O entretenimento, pensou Charlie. Vão dizer que Nor Kelly e Billy Campbell não corresponderam às expectativas. Culparão Jewel por sugeri-los, e a mim por contratá-los. Quando entrou na área reservada do estacionamento, lembrou-se de repente de como Kelly e Campbell pareciam perturbados quando saíram do escritório do Junior ontem.

Os irmãos devem ter reclamado da forma como eles cantaram "Parabéns pra você" em valão, concluiu Charlie. Com relutância, desligou a ignição, saiu do carro e acionou o alarme. Arrastando os pés, caminhou até o prédio e pegou o elevador até o quarto andar, que era totalmente dedicado às empresas semilegítimas dos irmãos Badgetts.

O motivo daquela reunião tão cedo era o fato de Junior estar interessado em comprar uma nova revenda de carros em Syosset que estava começando a perder lucros de sua própria operação. A secretária de Junior ainda não havia chegado. Depois de murmurar um cumprimento a uma recepcionista e enquanto esperava ser anunciado, Charlie perguntou-se quanto tempo levaria até a revenda fechar, até o empresário entender que não tinha outra escolha além de vendê-la para os Badgetts.

— Mande ele entrar — rugiu a voz cordial de Junior no interfone.

O escritório havia sido feito pelo mesmo decorador que esbanjara seus excessos na mansão. Uma mesa entalhada com acabamento brilhante, papel de parede com listras douradas, um tapete marrom-escuro com as iniciais dos irmãos em dourado, cortinas pesadas de cetim marrom e um globo de vidro com uma cidade em miniatura e uma placa dizendo O LAR DA NOSSA INFÂNCIA eram apenas alguns dos pontos de interesse.

À esquerda da porta, sofá e poltronas estofados com padronagem de zebra estavam reunidos em torno de uma televisão de plasma de quarenta polegadas pendurada na parede. Os irmãos estavam tomando café e assistindo ao canal local. Junior acenou para que Charlie entrasse, apontando para uma poltrona.

— Vai começar o jornal, e eu quero ver.

— Depois de seis horas, o incêndio no depósito de Syosset ainda está fora de controle — começou o apresentador do noticiário. — Dois bombeiros tiveram de ser atendidos por inalação de fumaça. O proprietário do depósito, Hans Kramer, sofreu um ataque cardíaco no local e foi levado para o hospital St. Francis, onde está na unidade de terapia intensiva.

A tela mostrou imagens claras do edifício em chamas. Um pedaço da tela reproduzia imagens de um bombeiro fazendo ressuscitação cardiopulmonar em Hans Kramer, que estava estirado no chão com uma máscara de oxigênio presa ao rosto.

— Já chega, Eddie. Desligue isso. — Junior levantou-se. — Ainda está fora de controle, é? Deve ser um incêndio e tanto.

— Aposto como foi um curto-circuito — disse Eddie, sacudindo a cabeça. — Acontece, né, Junior?

Hans Kramer. Charlie conhecia aquele nome. Tinha ido ver Junior na mansão. Era uma das pessoas que recebiam "empréstimos pessoais" dos irmãos. Foram eles que fizeram aquilo. Kramer não pagou a tempo, e eles incendiaram o negócio dele, pensou Charlie com certeza absoluta.

Ele já tinha visto essa história antes. Se os policiais puderem provar que Junior e Eddie tiveram qualquer coisa a ver com o incêndio, os dois enfrentarão mais uma acusação de incêndio criminoso, pensou Charlie, rapidamente avaliando a situação. Se o Kramer morrer, eles poderão enfrentar uma acusação de homicídio.

Mas é claro que nada disso jamais será ligado aos Badgetts. Eles foram muito cuidadosos. O empréstimo que Kramer assinou com eles provavelmente tinha uma taxa de juros normal na nota. Ninguém saberia que os juros de cinqüenta por cento já estavam embutidos no valor principal. E é claro que o cara que realmente ateou fogo ao depósito não deve ter sido um dos capangas na folha de pagamento deles. Para isso, devem ter contratado um freelancer.

Mas se surgir qualquer coisa que ligue esse incêndio ao Junior e ao Eddie, eu fico com a tarefa de ajudar as pessoas a esquecerem o que sabem ou acham que sabem, pensou Charlie, desesperado.

— Ei, Charlie, por que você está tão borocoxô? — perguntou Junior. — Está uma manhã tão bonita.

— É, uma manhã muito bonita — ecoou Eddie, levantando-se da poltrona.

— E, como disse Jewel, a Mama estava uma graça na transmissão por satélite — acrescentou Junior. — Ela sempre adorou uma *grappa*. Como disse a Jewel, depois que Eddie e eu fomos para o escritório ontem, todo mundo ficou comentando que a Mama estava encantadora.

— É — concordou Eddie com um sorriso meio nostálgico.

— E aqueles artistas eram qualquer coisa. Bons. Quer dizer, muito bons.

Fazia meses que Charlie não via Junior tão bem-humorado. Jewel não é o cabeça-de-vento que eu imaginava, concluiu. Se conseguiu convencer esses dois de que todo mundo adorara a Mama, merece virar embaixador da Valônia.

— Que bom que você gostou da Nor Kelly e do Billy Campbell — disse ele. — Os dois pareciam tão perturbados quando saíram do escritório, que achei que vocês tivessem dito que não estavam satisfeitos com a música deles.

Charlie notou imediatamente uma mudança drástica no clima. Junior olhou para ele, com os olhos estreitos, as bochechas vermelhas, os músculos do pescoço subitamente salientes.

— O que você disse? — perguntou, a voz gélida.

Charlie olhou nervoso para Eddie, cujas bochechas normalmente bovinas agora estavam tensas. O sentimento doce evocado pelo nome da Mama havia desaparecido dos seus olhos. Seus lábios haviam se tornado uma ferida vermelho-acinzentada no rosto.

— Eu só disse — respondeu Charlie com a voz desaparecendo — que a Nor Kelly e o Billy Campbell pareciam um pouco perturbados quando saíram do escritório depois da visita via satélite da mãe de vocês.

— Por que não nos disse que eles estavam lá?

— Junior, não havia motivo. Por que diria isso a vocês? Achei que vocês soubessem.

— Eddie, a porta da recepção estava aberta, não estava? — perguntou Junior.

— Estava.

— Tudo bem, Charlie. Você devia ter dito que eles foram atrás de nós. Devia saber que era importante que soubéssemos disso. Agora vai ter que dar uns telefonemas para os passarinhos. — Fez uma pausa proposital. — Acho que sabe do que estou falando.

Acho que com isso terminam as perguntas e os depoimentos, pensou Sterling ao ver o pessoal do FBI apertando as mãos de Nor, Billy, Dennis e Sean. Já eram 11 horas. Durante as últimas duas horas, o FBI ouviu depoimentos sob juramento dos quatro. Pediram inclusive que Nor e Billy desenhassem uma planta baixa para mostrar onde estavam quando ouviram a voz de Hans Kramer na secretária eletrônica e a ordem de Junior para incendiar o depósito.

— Sra. Kelly, a senhora tem certeza de que os Badgetts não desconfiaram que vocês estavam na sala ao lado do escritório deles? — perguntou novamente Rich Meyers, o chefe da investigação, ao pegar a maleta para sair. — Como já expliquei, se os dois souberem que vocês ouviram o que eles disseram, vocês vão precisar de proteção imediata.

— Não acho que eles saibam. Pelo que vi deles, se tivessem nos visto, acho que provavelmente teriam cancelado o plano do incêndio. — Nor ajeitou o pente que prendia seu cabelo. — Como dizem por aí, "pareço uma coisa que o gato arrastou para dentro de casa"...

Minha mãe costumava dizer isso, pensou Sterling.

— ... e é exatamente assim que estou me sentindo agora. Se o senhor já encerrou, vou voltar para casa, entrar na Jacuzzi e dormir por algumas horas.

— Ótima idéia — disse Meyers, compreensivo. — Muito bem. Entraremos em contato com vocês. Enquanto isso, sigam vivendo normalmente.

Parece simples, pensou Sterling. Infelizmente, as coisas não vão funcionar assim.

Sean O'Brien ficou por apenas mais um minuto depois que os agentes federais saíram.

— Vou mantê-los informados — prometeu.

— Dennis, por que você não tira o dia de folga? — sugeriu Nor. — Pete pode dar conta do bar.

— E perder todas as gorjetas de fim de ano? Acho difícil — bocejou Dennis. — É melhor começar a arrumar as coisas. Temos outro grupo de almoço de fim de ano, Nor.

— Tinha me esquecido. Mas eles terão de ficar sem mim. Vejo você mais tarde.

Quando a porta se fechou atrás de Dennis, Billy disse:

— Gorjetas de fim de ano? Duvido. Ele só quer ter certeza de estar por perto se houver algum problema.

— Eu sei. Você vai tentar dormir um pouco, Billy? Não se esqueça de que temos mais duas apresentações esta noite.

— Agora eu preciso conferir meus recados. Conversei com dois caras sobre sair para almoçar algum dia desta semana.

Nor enfiou o braço no casaco.

— Termos escutado o recado de Hans Kramer foi o motivo de estarmos nessa confusão. Se tivéssemos conseguido impedir o incêndio, teria sido uma coisa, mas, agora, a perspectiva de sermos testemunhas contra aqueles dois está me assustando.

— Lembre-se de que eles não fazem idéia de que nós os escutamos — disse Billy apertando o *play* da secretária eletrônica.

Sterling sacudiu a cabeça ao pensar em Charlie Santoli. Talvez ele não diga que viu Nor e Billy, pensou, esperançoso. Porém, considerando-se os acontecimentos futuros sobre os quais ele já tinha conhecimento, sabia com certeza que não seria assim que as coisas se sucederiam.

— Você tem dois recados novos — começou a voz eletrônica.

O primeiro era de um amigo que estava organizando um almoço para o dia seguinte. "Não precisa ligar de volta, a não ser que amanhã você não possa." O segundo era do executivo da gravadora que lhe oferecera o contrato na noite anterior. "Billy, está em cima da hora, mas o Chip Holmes, um dos nossos principais executivos, está vindo para a cidade inesperadamente e gostaria muito de se reunir com você hoje. Ele está no St. Regis. Você pode tomar alguma coisa conosco por volta das 17h30? Por favor, me avise."

— Por que eu estou achando que você vai conseguir? — perguntou Nor quando o recado terminou. — Chip Holmes. Billy, isso é o máximo. Se o Holmes gostar de você, o céu é o limite com essa gravadora. Você não será mais um cantor com potencial. Ele vai investir muito dinheiro na sua carreira.

— O que é exatamente do que eu preciso — disse Billy, batucando rapidamente no tampo da mesa com os dedos. — Não quero ser um cantor de um sucesso só. Você sabe melhor do que eu quantos caras fizeram sucesso no começo e acabaram procurando emprego aos 35 anos de idade. Vamos admitir que eu não sou mais nenhuma criança nesse ramo.

— Sei o que está querendo dizer, mas você vai conseguir — garantiu Nor. — Agora eu realmente vou embora daqui. Quebre uma perna. Nos vemos hoje à noite.

Na porta, ela olhou por cima do ombro:

— Sempre juro que não vou lhe dar conselhos, mas não consigo evitar. É melhor reservar um bom tempo para chegar a Nova York. O trânsito de fim de ano ainda está muito pesado.

— Vou de trem — disse Billy distraidamente, pegando o violão.

— Boa idéia.

Quando Nor foi embora, Sterling ajeitou-se na *bergère*, com as pernas estendidas sobre o apoio dos pés. Ficou ouvindo Billy dedilhar as cordas e cantar baixinho os versos que havia escrito numa folha de papel amassada.

Ele está experimentando novas letras, pensou Sterling. Canção alegre, mas com um belo toque de melancolia. Ele é muito bom. Eu sempre tive bom ouvido para música, recordou.

Quarenta e cinco minutos mais tarde, o telefone tocou. Billy atendeu, disse "alô", ficou escutando e disse, nervoso:

— Você é da Badgett Enterprises? Como eu posso ajudá-lo?

Sterling levantou-se da poltrona e, com dois passos largos, aproximou-se de Billy, colando o ouvido ao telefone.

Do outro lado da linha, Charlie Santoli estava de pé em seu escritório, detestando mais a si mesmo a cada palavra que pronunciava.

— Sou um representante da empresa. O motivo deste telefonema é que, como o senhor deve saber, os irmãos Badgetts são filantropos, com um grande programa de bolsas de estudos para crianças da vizinhança. Os dois gostaram muito da apresentação que vocês fizeram ontem à noite e sabem que você tem uma filha pequena.

Sterling viu a testa de Billy se contrair.

— O que minha filha tem a ver com isso?

— O futuro dela tem muito a ver com isso. Os Badgetts compreendem o quão inseguro pode ser o seu futuro como artista. Eles gostariam de criar um fundo fiduciário para garantir que Marissa possa freqüentar uma boa universidade dentro de dez anos.

— Por que eles fariam isso? — perguntou Billy, contendo a raiva na voz.

— Porque, às vezes, observações feitas de brincadeira são entreouvidas e, caso sejam repetidas, podem ganhar vida própria. E os Badgetts ficariam muito chateados se isso viesse a acontecer.

— Você está me ameaçando?

Claro que estou, pensou Charlie. É o meu trabalho. Limpou a garganta.

— Estou é fazendo uma oferta para que sua filha se torne uma das beneficiárias de um fundo fiduciário de cem mil dólares. Junior e Eddie ficariam muito satisfeitos se você a aceitasse. Por outro lado, ficariam consternados se você reproduzisse observações feitas de brincadeira que podem ser mal interpretadas.

Billy levantou-se. O telefone bateu no maxilar de Sterling, deixando-o zonzo.

— Escute aqui, seu representante da Badgett Enterprises, quem quer que você seja, diga àqueles dois que minha filha não precisa do fundo fiduciário deles. Vou cuidar da educação dela sem precisar da ajuda deles... E quanto às observações "jocosas" ou "feitas de brincadeira", eu não faço a menor idéia do que esteja querendo dizer.

Billy bateu o telefone, afundou no sofá e segurou o punho com a mão.

— Eles sabem que nós os escutamos — disse, em voz alta. — O que vamos fazer?

O Conselho Celestial estava assistindo ao desenrolar dos fatos na Terra com atenção absoluta. O telefonema de Charlie Santoli para Billy Campbell causou uma reação instantânea.

— Esse Charlie Santoli precisa se cuidar — disse o monge, com severidade.

— Ele que não venha chorar para nós quando chegar a sua hora — disse o pastor, com os olhos soltando faíscas.

— Não foi isso que as irmãs ensinaram a ele no St. Francis Xavier — disse a freira tristemente.

A rainha estava com uma expressão muito séria:

— É bom ele acordar antes que seja tarde demais.

— Ele quer ser bom — opinou a enfermeira.

— Bom, se é assim, minha senhora, pelo amor de Deus, ele precisa dar um jeito e mostrar isso — trovejou o almirante.

— Acho que Sterling vai querer se reunir conosco novamente — supôs o santo indígena. — Ele tem muita humildade. Quer fazer o seu trabalho e não receia pedir ajuda.

— Ele sempre foi capaz de sentir muito amor e carinho — observou o pastor, agora com o tom mais tranqüilo. — Gostei de ver a expressão dos olhos dele ao observar Marissa dormindo.

Sterling alcançou Marissa no instante em que ela pôs os patins na bolsa e saiu correndo para o carro. Quando percebera que Billy ia dormir por algumas horas, caminhara apressadamente até a casa da Marissa para ver como ela estava.

Chegara a tempo de se unir a Roy para levá-la à pista, com os pequerruchos junto no passeio. Espremido entre os gêmeos, Sterling desviava dos braços voadores que o atacavam pelos dois lados. Ainda sentia um pouco de dor no maxilar, depois de ter sido atingido com o telefone enquanto escutava a conversa de Santoli com Billy, e, com um ano de idade, Roy Junior tinha um cruzado de direita poderoso.

Mas são dois bebês bonitinhos, admitiu, com um mínimo de relutância. É meio fascinante ver como eles apreendem tudo o que vêem. Meu problema foi não ter tido irmãos. Talvez eu não tivesse me esforçado tanto para manter distância de crianças a vida toda se tivesse tido alguma experiência com elas.

Lembrou da vez em que fora padrinho num batizado, e o bebê babara por todo o seu terno de risca de giz. Era a primeira vez que eu usava aquele terno.

No banco da frente, Roy dizia a Marissa:

— Fiquei sabendo que hoje a Vovó vai ensinar você a fazer strudel de maçã.

Que emocionante, pensou Sterling, percebendo que Marissa estava tendo exatamente a mesma reação. Mesmo assim, ela respondeu, gentilmente:

— Eu sei. A Vovó é muito legal.

Roy deu um sorriso gentil:

— Eu quero comer pelo menos dois pedaços.

— Tá bem, mas não esqueça que eu preciso guardar um pedaço para o Papai e outro para a NorNor.

Não é fácil ser padrasto, pensou Sterling, com pena dele. Marissa o mantém sempre meio a distância. Se eu o conhecesse melhor antes de encontrá-lo no ano que vem, não o teria considerado um chato tão rapidamente.

Mas ele realmente dirige como uma lesma com dor nas costas. Sterling concordou plenamente com o pensamento impaciente de Marissa: "Vamos lá, acelere. O treino vai estar terminado quando chegarmos lá."

Ela é idêntica a Nor, concluiu Sterling.

Quando chegaram à pista de patinação, Marissa agradeceu a Roy pela carona, beijou-o no rosto e acenou para os gêmeos antes de sair correndo do carro.

Sterling passou por cima da cadeirinha de Roy Junior e viu a expressão surpresa no rosto do bebê. Ele me sente, pensou. Os dois estão começando a me sentir. Os bebês têm uma consciência muito grande do metafísico. Pena que isso se perca com o tempo.

Ele alcançou Marissa e ficou escutando sua conversa animada com as amigas ao lado da pista.

A Srta. Carr era a professora que ele veria no ano seguinte na pista do Rockefeller Center. Ao som do seu apito, dez crianças, todas as outras uns dois anos mais velhas do que Marissa, começaram a patinar.

Algumas delas eram muito boas, mas Marissa era simplesmente excepcional. Que bela artista, pensou Sterling ao vê-la levar dois tombos. Ela simplesmente se levanta, limpa o gelo da roupa e tenta o giro ou o salto novamente.

Mais tarde, quando as crianças já tinham calçado as botas e os sapatos, uma das meninas aproximou-se de Marissa.

— A minha irmã ganhou o disco do seu pai de Natal e queria saber se ele poderia autografá-lo para ela.

Marissa está radiante de orgulho, pensou Sterling ao perceber, achando graça, que ela tentava parecer muito casual quando disse:

— Ah, claro. Meu pai adora dar autógrafos para as minhas amigas.

— Ele está fazendo uma música nova? — perguntou a menina.

— Ele sempre está fazendo músicas novas.

— Diga a ele para fazer uma música sobre a gente!

— Ele está fazendo uma sobre mim primeiro! — riu Marissa.

Sete anos, mas com cabeça de 25 e explodindo de amor pelo pai. Sterling suspirou. E tão perto de ficar longe dele por um longo tempo. Bom, preciso ir embora. Deu uma última olhada para o sorriso luminoso de Marissa e deixou a pista de patinação.

Ajeitou o chapéu e saiu caminhando de volta até o apartamento de Billy. Planejava acompanhá-lo na reunião, e estava ansioso por ir a Manhattan novamente.

Mas estou começando a me achar em Madison Village de verdade, pensou, esmagando a neve com os pés, fazendo um som que só ele podia ouvir. Devo admitir que é um lugar muito bom para se viver.

— E aí, como foi com o Johnny de uma nota só? — perguntou Eddie. Estava em pé atrás de Junior, este sentado ereto diante da mesa, qual um juiz prestes a emitir uma sentença.

— Não muito bem. — As mãos de Charlie estavam encharcadas de suor. Ele queria manter a voz tranqüila, mas não conseguiu. — Conversei com Billy Campbell, ofereci a bolsa de estudos para a filha dele e expliquei que vocês ficariam consternados se quaisquer observações feitas de brincadeira fossem mal interpretadas.

— Tá bom, tá bom, a gente sabe o que você ia dizer — disse Eddie, impaciente. — E então, o que foi que ele disse?

A resposta não teve rodeios.

— Ele mandou dizer a vocês que ele próprio pagaria a educação da filha e que não sabe o que vocês querem dizer com observações jocosas ou feitas de brincadeira. E então bateu o telefone.

Charlie sabia que não podia abrandar a reação de Billy ao telefonema, porque, se tentasse fazer isso, os irmãos perceberiam. O fato de ser Eddie a estar fazendo as perguntas era um sinal assustador de que o próximo passo seria dado. Coerção. E se isso não funcionasse...

— Saia daqui, Charlie — ordenou Junior. — Você me dá náuseas. Você deixa essas coisas acontecerem. — Olhou para o irmão e assentiu.

Charlie saiu rapidamente do escritório. Até a noite, Billy Campbell e Nor Kelly teriam recebido um aviso que poderia silenciá-los através do medo. Por favor, faça com que eles levem o aviso a sério, rezou, sacudindo a cabeça, angustiado.

Mais uma vez, amaldiçoou o dia em que, 15 anos antes, os irmãos Badgetts foram até o escritório que mantinha sozinho no Queens e lhe pediram que os representasse na aquisição de uma cadeia de lavanderias a seco. Como eu precisava do dinheiro, não me informei o bastante sobre eles, pensou. Na verdade, eu não queria as informações. Bom, agora eu as tenho.

Quando chegou em casa, Nor relaxou na Jacuzzi, lavou e secou o cabelo, e, planejando dormir um pouco, vestiu uma roupa de ficar em casa. Então o telefonema de Billy destruiu qualquer idéia de sono.

Com um aperto na garganta, ouviu Billy relatar a conversa que tivera com "um representante da Badgett Enterprises".

— Liguei para aquele agente do FBI, Rich Meyers, e deixei um recado para ele. Depois liguei para o Sean, mas ele também não estava. Dei um tempo antes de ligar para você, Mãe, porque não queria deixá-la preocupada, mas você precisa saber o que está acontecendo.

— Claro que eu preciso saber. Billy, de algum jeito aquela gente descobriu que estávamos naquela sala. Talvez tenham câmeras escondidas.

— Talvez. Ou talvez alguém tenha nos visto saindo de lá.

Nor percebeu que estava tremendo.

— Você sabe quem era ao telefone?

— Ele não disse o nome, mas acho que pode ter sido o cara que nos disse o que cantar quando chegamos lá ontem.

— Lembro dele. Com um jeito meio nervoso e fugidio.

— Esse mesmo. Olha, é melhor eu sair. Vou pegar o trem das três para Manhattan.

— Billy, cuidado.

— Você devia dizer "Quebre uma perna".

— Já disse.

— É verdade, já disse mesmo. Até mais tarde, Mãe.

Nor desligou o telefone com um gesto mecânico. Quebre uma perna. Ela trabalhara uma vez numa casa noturna cujo dono estava com dívidas atrasadas com alguém do tipo dos Badgetts. Uma perna quebrada havia sido o primeiro aviso para que pagasse o que devia.

E o que ainda não parecia ter ocorrido a Billy era que a pessoa que telefonara tinha falado em Marissa. Será que os Badgetts vão tentar atingir a Billy e a mim através dela? Nor angustiou-se.

Discou o número de Sean O'Brien, com a frágil esperança de conseguir falar com ele. Sean sabia muito sobre os Badgetts. Talvez pudesse lhe dizer o que eles provavelmente fariam a seguir. Nós já prestamos depoimento, pensou. Mesmo que quiséssemos, como poderíamos voltar atrás?

Ela sabia a resposta. Não era uma questão de não poder voltar atrás. Era uma questão de não voltar atrás.

Eu sempre vestia terno quando ia a uma reunião de negócios, pensou Sterling enquanto seguia Billy até o trem das 15 horas para Manhattan.

Para o encontro com os executivos da gravadora, Billy escolhera um jeans vintage, uma camisa larga azul-escura, botas e jaqueta de couro.

Nunca vou me acostumar com esses novos estilos. Mas, por outro lado, no anos de 1880, quando era jovem, minha mãe usava espartilhos encordoados, sapatos com botões, chapéus e vestidos longos. Sterling suspirou, com súbita nostalgia da serenidade do pós-vida, onde as preocupações com roupas simplesmente não existiam.

Sentou-se na poltrona do corredor ao lado de Billy, que encontrara um lugar na janela. Eu também sempre preferia a janela quando viajava de trem, lembrou Sterling. Quando Annie e eu íamos visitar nossos amigos em Wesport, eu sempre pegava o lugar na janela, e ela nunca reclamava. Será que era esse tipo de coisa a que o Conselho Celestial se referia ao me chamar de "passivo-agressivo"?

Só de olhar para a expressão perturbada em seus olhos e em seu rosto, Sterling podia ver como Billy estava profundamente preocupado. Gostou quando Billy fechou os olhos.

Talvez consiga relaxar um pouco, torceu Sterling. Vai precisar estar "ligado" quando se reunir com o tal Chip Holmes.

O trem era local e levou 45 minutos até Jamaica, no Queens. De lá, os dois pegaram o metrô até a Rua Cinqüenta e Nove em Manhattan.

Estamos uma hora adiantados, notou Sterling enquanto os dois subiam até a calçada. Começava a escurecer. O trânsito estava pesado, e todas as vitrines tinham decoração natalina. Espero que Billy passe o tempo com uma caminhada. Faz 46 anos que não venho a esta parte de Manhattan.

Parece igual e ao mesmo tempo diferente. A Bloomingdale's nunca vai mudar. Mas não estou vendo o Alexander's. Eu adorava morar aqui, lembrou, olhando ao redor. Não há lugar igual no mundo.

Seguiu Billy até a Park Avenue. As árvores do canteiro central reluziam com lâmpadas brancas. O ar estava frio, mas o céu se mostrava limpo. Sterling inspirou com gosto, embora não tivesse necessidade de respirar. O cheiro dos pinheiros no ar levou sua mente até outros Natais.

Começaram a seguir em direção ao centro e passaram pelo prédio 475 da Park Avenue. Meu chefe morava aí, recordou Sterling. Sempre convidava a Annie e a mim para sua festa de ano-novo. O que será que aconteceu com ele? Nunca o vi na sala de espera celestial nem passar voando pela janela celestial.

Bem naquele momento, um homem muito velho, de bengala na mão, saiu caminhando lentamente do prédio e disse ao porteiro:

— Meu motorista está atrasado. Chame um táxi para mim, filho.

Sterling prendeu a respiração. É ele, o meu chefe, John Gaspero. Deve estar com cem anos de idade! Adoraria poder dar um alô, mas, do jeito que andam as coisas, suspeito que nos veremos muito em breve.

Billy estava meia quadra à sua frente, e Sterling apressou-se para alcançá-lo, olhando por cima do ombro várias vezes para observar o chefe batendo impacientemente com a bengala na calçada. Ele não mudou, pensou Sterling afetuosamente.

O St. Regis ficava na Rua Cinqüenta e Cinco, mas Billy continuava seguindo para o sul na Park Avenue. Na Rua Cinqüenta, virou para a direita e caminhou algumas quadras para oeste até o Rockefeller Center.

Cá estou eu de novo, pensou Sterling. É um lugar incrível no período de Natal. Aposto como sei exatamente aonde Billy está indo. Cinco minutos mais tarde, estavam diante da magnífica árvore com suas milhares de luzinhas coloridas, olhando para a pista de patinação.

Foi aqui que tudo começou. Sterling sorriu sozinho. Começou no ano que vem. Juntos, os dois ficaram olhando os patinadores e ouvindo a música que vinha da pista. Aposto que Billy já patinou aqui com Marissa. Sterling olhou para a expressão no rosto de Billy. Dá para ver que ele está pensando nela neste instante.

Billy virou-se para ir embora. Sterling atravessou a Quinta Avenida atrás dele e subiu a escadaria da Catedral de St. Patrick. Vai parar para rezar um pouco, pensou Sterling. No instante em que cruzaram a porta, Sterling testemunhou a beleza majestosa da catedral e teve uma saudade intensa. Sua mente se encheu com a imagem da alegria e da paz que vira nos rostos das pessoas que se aproximavam dos portões abertos do paraíso. Com a cabeça baixa, ajoelhou-se ao lado de Billy, que acendera uma vela num altar lateral.

Ele está rezando por seu futuro na Terra. Eu estou rezando pelo meu futuro na eternidade. Ah, estar no céu nem que por apenas uma hora no dia de Natal... Sterling sentiu lágrimas nos olhos e sussurrou:

— Por favor, ajude-me a completar a minha missão na Terra para que eu possa começar a merecê-Lo.

Quando deixaram a catedral, alguns minutos depois, Sterling sentia-se ao mesmo tempo cheio de gratidão e de arrependimento. Sabia que finalmente estava começando a valorizar de verdade o dom da vida e o dom da vida eterna.

No hotel St. Regis, Billy entrou no bar King Cole, pegou uma mesinha e pediu uma Perrier.

Ah, eles fizeram umas mudanças aqui, pensou Sterling olhando ao redor. Mas o mural Maxfield Parrish atrás do bar é o mesmo. Sempre adorei esse mural.

Já eram quase 17 horas. O bar subitamente começou a encher. Lembro de me encontrar com amigos aqui para tomar uma taça de vinho depois do trabalho, lembrou Sterling. Exatamente como as pessoas estão fazendo agora, reunindo-se com amigos, aproveitando uns as companhias dos outros — isso, pelo menos, é eterno.

Duas jovens numa mesa próxima lançam olhares simpáticos para Billy, que está absorto demais em suas preocupações para sequer notá-las.

Às 17h20, Sterling notou que Billy estava começando a entrar na sintonia da reunião. Endireitou os ombros, começou a tomar a Perrier e ficou de olho na porta. Dez minutos depois, quando o executivo da gravadora que estivera no Nor's Place apareceu com um homem calvo e agitado a reboque, Billy era o retrato do charme.

Mudaram-se para uma mesa maior. Mas sempre tem lugar para mais um, pensou Sterling ao pegar a cadeira desocupada e começar a analisar os companheiros de mesa. Bastou um instante para descobrir que aquele Chip Holmes era o mais alto executivo da gravadora, embora Eli Green chefiasse o escritório de Nova York.

Holmes era do tipo sem enrolação, vamos-acabar-logo-com-isso.

— Você é bom, Billy. Muito bom. Seu jeito de cantar tem uma qualidade especial que me faz acreditar que você vai fazer muito sucesso.

Foi o que eu disse, pensou Sterling.

— Você é bonito também, o que é uma raridade entre os homens deste meio...

Sterling aplaudiu em silêncio o comportamento de Billy durante a reunião de meia hora. Ele demonstrou confiança e, embora satisfeito, não ficou exultante quando Holmes ofereceu um contrato substancial e prometeu que ele teria o tipo de apoio de que precisava.

— Vamos juntá-lo com um dos nossos principais produtores. Ele quer começar a trabalhar o quanto antes. A esta altura do ano que vem, você já vai ser uma estrela, Billy.

A reunião terminou com apertos de mão e uma calorosa expressão de gratidão da parte de Billy.

Muito bem!, pensou Sterling. Durante a conversa, você o impressionou com a sua compostura, mas já estava na hora de deixá-lo saber o quanto você está feliz. Conheço o tipo. Adora o papel de fazedor de reis.

No saguão, Billy consultou a tabela de horários dos trens e olhou para o relógio. Olhando por trás do seu ombro, Sterling viu que ele tentaria pegar o que saía às 18h50 da estação Jamaica. Um pouco apertado, preocupou-se Sterling, mas é um trem expresso, e o seguinte é local.

Percorreram as sete quadras de volta à rua 59 na metade do tempo que levaram para chegar ao hotel. Billy deve estar andando nas nuvens, pensou Sterling. Pelo menos por enquanto. Tenho certeza que, em vez de pensar nos Badgetts, ele está se deliciando com o significado do contrato com a gravadora para o seu futuro.

Desceram as escadas do metrô apressadamente e chegaram à plataforma lotada. Depois de consultar novamente o relógio, Billy foi até a beirada e inclinou-se para a frente, na esperança de ver um farol saindo de dentro do túnel.

Aconteceu num instante. Sterling viu um homem corpulento se materializando subitamente e, com um encontrão de ombros, empurrando Billy na direção dos trilhos. Angustiado, Sterling tentou agarrá-lo, sabendo que ele não conseguiria se reequilibrar sozinho, mas seus braços simplesmente atravessaram o corpo de Billy.

O metrô estava se aproximando da estação. Ele vai cair, pensou Sterling, impotente. Uma mulher gritou quando o mesmo homem corpulento subitamente puxou Billy de volta e desapareceu na multidão, correndo em direção à saída.

As portas do metrô se abriram. Zonzo, Billy deu um passo para o lado enquanto os passageiros que desembarcavam passavam rapidamente por ele.

— Você está bem? — perguntou-lhe alguém num tom ansioso quando ele embarcou.

— Estou bem, sim. — Billy agarrou o poste central perto da porta e segurou-se firme.

Uma senhora idosa alertou-o:

— Você tem muita sorte. Nunca devia ficar tão perto da plataforma.

— Eu sei. Foi uma burrice — concordou Billy, virando-se de costas, esforçando-se silenciosamente para normalizar a respiração ofegante.

Sterling queria gritar *não foi uma burrice*, aflito por não poder alertá-lo. Billy não se deu conta de que fora empurrado. A plataforma estava tão cheia de gente, que ele deve ter pensado que fora a pressa da multidão que o fizera perder o equilíbrio e que alguém o segurara a tempo.

Sterling segurou-se no poste central com Billy enquanto o metrô estalava e oscilava pelos trilhos. Chegaram à estação Jamaica bem na hora de pegar o trem das 18h50 para Syosset.

Por todo o caminho de volta, pensamentos aterrorizantes ficaram passando pela cabeça de Sterling: O que aconteceu na plataforma do metrô não foi um acidente — o que os irmãos Badgetts vão fazer agora?

Lee Kramer estava sentada sozinha na pequena sala de espera reservada a familiares de pacientes da terapia intensiva. A não ser pelos poucos minutos em que pudera ficar ao pé da cama de Hans, era ali que ela estava desde antes do amanhecer, quando seguira a ambulância até o hospital.

Enfarte grave. Aquelas palavras ecoavam sem parar em sua cabeça. Hans, que em 22 anos de casamento não tivera nem sequer um resfriado.

Ela tentava lembrar que o médico dissera que a situação de Hans estava estabilizada. Dissera também que ele havia tido sorte. O fato de os bombeiros estarem no local com o equipamento para dar choques em seu coração e fazê-lo bater de novo salvara-lhe a vida.

Ele anda muito estressado, pensou Lee. A visão do incêndio foi demais para ele.

Ela ergueu o olhar quando a porta se abriu, mas voltou a se virar. Vários amigos haviam passado por lá e passado algum tempo com ela durante o dia, mas Lee não conhecia aquele homem de cabelos escuros e expressão sóbria.

O agente do FBI Rich Meyers viera ao hospital na esperança de conseguir falar com Hans Kramer por alguns minutos.

A enfermeira lhe disse com firmeza que isso estava fora de questão, mas informou que a Sra. Kramer se encontrava na sala de espera.

— Sra. Kramer?

Lee virou-se:

— Sim. Aconteceu alguma...?

A tensão de Lee Kramer estava evidente em seu rosto. Parecia que ela tinha levado um soco no estômago. Pelos cabelos curtos e louros, os olhos azuis e a pele clara, Meyers concluiu que, assim como o marido, ela provavelmente era de origem suíça.

Rich apresentou-se e deu-lhe um cartão. Um olhar de temor tomou conta do rosto dela.

— FBI? — perguntou.

— Estamos investigando a possibilidade de o incêndio no depósito do seu marido ter sido criminoso.

— Criminoso? Quem faria uma coisa dessas? — Seus olhos se arregalaram.

Meyers sentou-se na poltrona de vinil diante dela.

— Você sabe alguma coisa sobre empréstimos que o seu marido possa ter pegado?

Lee pôs a mão na boca, e os pensamentos que a estavam atormentando o dia inteiro se revelaram.

— Quando as coisas mudaram, e os negócios começaram a ir mal, fizemos uma nova hipoteca da casa com o máximo que o banco permitiu. O depósito também está hipotecado, mas só no valor que pudemos pegar emprestado. Eu sei que o seguro não cobre tudo. Hans tinha certeza de que, se conseguisse agüentar um pouco mais, os negócios iriam decolar. Ele é realmente brilhante. O programa que desenvolveu não tem como dar errado. — Sua voz falhou. — Agora, nada disso importa. Se pelo menos ele sair dessa...

— Sra. Kramer, além das hipotecas, haveria outros empréstimos que o seu marido pudesse ter pegado?

— Eu não sabia de nada, mas, hoje de manhã, depois que recebemos o telefonema sobre o incêndio, ele disse alguma coisa como "Eu peguei muito dinheiro emprestado..."

A expressão de Meyers permaneceu impassível.

— Ele contou de quem pegara esse dinheiro emprestado?

— Não. Isso foi tudo o que ele disse.

— Então a senhora provavelmente não saberia dizer se ele deu um telefonema ontem à noite e deixou um recado para alguém sobre pagar um empréstimo?

— Não, não sei de nada disso. Mas ele estava muito agitado ontem à noite.

— Sra. Kramer, o seu marido tem um telefone celular?

— Sim.

— Gostaríamos de ter a sua permissão para conferir a conta do celular do seu marido e os registros do telefone residencial de vocês para ver se ele fez uma ligação ontem à noite.

— Para quem ele teria ligado?

— Para pessoas que não prorrogam prazos para pagamentos de empréstimos.

Com um aperto no peito, Lee ficou com medo de fazer a pergunta seguinte:

— Hans está com problemas?

— Com a lei? Não. Só queremos falar com ele a respeito desse empréstimo. O médico vai nos dizer quando será possível falarmos com ele.

— Se for possível — sussurrou Lee.

Charlie Santoli havia saído do escritório dos Badgetts o quanto antes depois de ter sido esculhambado por não obter sucesso em sua missão de comprar o silêncio de Billy Campbell, mas, às 16 horas, Junior mandou chamá-lo novamente.

Ele se apressou pelo corredor até o canto em que ficava a suíte executiva compartilhada por Junior e Eddie. A secretária de longa data dos dois estava atrás de sua mesa. Havia anos, Charlie concluíra que Lil devia ter feições belicosas mesmo quando era um bebê. Agora que já havia ultrapassado a marca dos cinqüenta anos, elas haviam se consolidado numa carranca permanente. Ainda assim, ele gostava dela, que era provavelmente a única pessoa no prédio que não tinha medo de Junior.

Ela ergueu o olhar, os olhos ampliados pelas lentes grandes demais, e sacudiu o polegar por cima do ombro, o sinal de sempre para que ele entrasse direto. Depois, com uma voz que havia ficado rouca com anos de fumo inveterado, disse:

— O humor está um pouquinho melhor. — Fez uma pausa. — Pergunte se eu dou a mínima.

Charlie sabia que não precisava dizer nada. Respirou fundo e abriu a porta.

Junior e Eddie estavam sentados nas poltronas de estofamento de zebra com taças nas mãos. Com a aproximação do fim do dia de trabalho, costumavam tomar um drinque juntos antes de embarcar na limusine e seguir para casa. Se Charlie estivesse por lá, costumavam dizer-lhe que se servisse no bar.

Hoje não foi assim. Nem lhe ofereceram um drinque, nem o convidaram para se sentar.

Junior olhou para ele.

— Só para o caso de Campbell ficar esperto, precisamos que o programa de bolsas de estudos esteja organizado. Todo mundo sabe que acabamos de dar um monte de dinheiro para os mais velhos. Agora precisamos cuidar dos pequeninos. Pense nos detalhes. Descubra outras crianças excepcionais da região, todas da idade da filha do Campbell. Acho que seria muito bom da nossa parte dar-lhes bolsas de estudos também.

Eles têm que estar brincando, pensou Charlie. Hesitantemente, sugeriu:

— Acho que seria melhor se houvesse pelo menos alguns garotos mais velhos. Como explicar para a imprensa que vocês querem dar dez bolsas de estudos universitárias a dez alunos da primeira série, quando há garotos e garotas do secundário precisando delas agora?

— Nós não queremos fazer isso — gritou Eddie. — Nós queremos investir no futuro. E se Campbell for esperto o bastante para entrar nos eixos, vamos acrescentar o nome da filha dele aos outros.

— As notas de Marissa são boas, e ela é uma bela patinadora — observou Junior casualmente, mordendo a ponta de um charuto. — Encontre-nos outras crianças talentosas como ela.

Charlie sentiu mais uma volta na manivela que revirava seu sistema digestivo. Bela patinadora. Como é que o Junior sabe tanto sobre Marissa Campbell?, perguntou-se desolado.

— Claro que, se você não conseguir convencer Billy Campbell a retirar qualquer coisa que possa ter dito sobre a nossa brincadeira, não haverá necessidade de um fundo — disse Junior baixinho. — Não deixe que a gente atrapalhe você, Charlie. Sei como é ocupado.

De volta ao próprio escritório, Charlie tentou tranqüilizar a si mesmo com a idéia de que, por piores que fossem, pessoas como Junior e Eddie nunca iam atrás dos filhos de seus inimigos.

Mas aqueles dois... Ele não conseguiu insistir na idéia. Flagrou-se rezando para que Billy Campbell se desse conta da situação e aceitasse a bolsa de estudos.

Sacudindo a cabeça, pegou uma pasta com as informações sobre a revenda de automóveis que os Badgetts queriam comprar. Pretendia passar o dia todo dedicado a isso, mas estava distraído demais para se concentrar.

Às 18h30, fechou a pasta e se levantou. Estava de paletó e maleta em punho quando o telefone tocou. Atendeu com alguma relutância.

Uma voz baixa e rouca que não pôde reconhecer disse:

— Charlie, o chefe mandou avisar que Billy Campbell quase mergulhou na frente de um trem do metrô, mas eu consegui salvá-lo.

Antes que Charlie pudesse responder, a ligação caiu.

Ele desligou o aparelho e ficou parado diante da mesa por um longo minuto. Em todos os anos de trabalho para os Badgetts, a pior coisa que havia feito fora falar com testemunhas potenciais, como havia falado com Billy Campbell, e depois arranjar pagamentos em dinheiro lavado para eles. Nunca havia passado disso. Ele poderia ser acusado de influenciar testemunhas, claro, mas isso era diferente, e muito mais grave. Eles querem me envolver no que quer que aconteça com Billy Campbell e Nor Kelly se eu não convencê-los a ficarem de boca fechada, pensou. Nunca vi Junior e Eddie tão irritados como hoje, e sei que é porque estão preocupados.

Fechou a porta do escritório e seguiu até o elevador. Mesmo que Billy Campbell e Nor Kelly concordassem em esquecer o que haviam escutado, será que isso seria suficiente para garantir a segurança deles?

Charlie duvidava muito.

O Nor's Place estava muito movimentado quando Billy e Sterling voltaram, às 20 horas. O horário de jantar estava no auge, e o bar, cheio de gente. Nor estava conversando com algumas pessoas numa mesa perto do bar, mas, como se tivesse olhos na nuca, virou-se no instante em que Billy entrou no salão. Seu rosto se iluminou, e ela correu até ele.

— Como é que foi?

Billy sorriu.

— Chip Holmes adora a "qualidade especial do meu jeito de cantar".

Ele fez uma bela imitação de Chip Holmes, pensou Sterling. Conseguiu captar a mesma característica nasalada.

Nor lhe deu um abraço.

— Ah, Billy, isso é fantástico. — Fez um sinal para um garçom que estava por perto. — Nick, vamos comemorar. Traga uma garrafa de Dom Perignon.

Eu adoraria uma taça, pensou Sterling. Ao acomodar-se em seu lugar habitual na mesa de Nor, uma porção de lembranças passou por sua cabeça.

Sua mãe e seu pai abriram uma garrafa de "Dom" nos seus 21 anos...

Outro "tanto de champanhe" fora compartilhado quando ele passara no exame da ordem...

Aquele maravilhoso dia fresco de outubro em que ele e Annie haviam ido de carro até a casa de Roosevelt em Hyde Park. Na volta, pararam para um piquenique no Parque Palisades, e Annie surpreendeu a todos ao aparecer com uma garrafa gelada de champanhe e quatro taças.

Depois que terminei a minha taça, bebi metade da dela, pensou. *Ah, Annie!*

Sterling engoliu uma bola na garganta e se deu conta de que não estava prestando atenção em Billy e Nor. Claro que Billy havia lhe contado sobre a reunião, porque ela estava dizendo:

— Billy, isso é maravilhoso! Você está no caminho.

Nenhum dos dois percebeu que Sean O'Brien havia entrado no restaurante. Ambos olharam para cima, surpresos, quando ele se aproximou.

— Desculpem não ter retornado a ligação antes, Nor — desculpou-se. — Da próxima vez, ligue para o meu celular. Aconteceu alguma coisa?

— Conte ao Sean sobre o telefonema da Badgett Enterprises, Billy — disse Nor.

Sterling viu a expressão de Sean O'Brien se fechar enquanto Billy falava sobre a oferta de bolsa de estudos.

Depois que Billy deu de ombros e disse "Foi isso", a primeira pergunta de Sean foi se ele havia falado com o FBI sobre o telefonema.

Billy assentiu.

— Rich Meyers não estava na sala dele. Deixei um recado.

— Ele ligou para cá mais ou menos às 17h — disse Nor, em voz baixa. — Fiquei com a impressão de que ele acha que foi um aviso do tipo morde-e-assopra.

O'Brien parecia preocupado.

— Olhem aqui, depois de ter sido detetive de polícia por quase trinta anos, eu sei muito sobre esse tipo de gente; a mordida vai ser muito forte se vocês dois não fizerem o que eles querem.

Billy, conte a O'Brien o que aconteceu no metrô, pediu Sterling em silêncio. Você precisa de proteção.

— Acho que não temos outra escolha além de esperar — disse Nor. — Vamos brindar com este champanhe. No lado bom, estamos celebrando o futuro de Billy. — Virou-se para ele. — É bom tomar isso rápido. Precisamos entrar logo.

Billy se levantou.

— Vou levar lá para cima. Preciso me trocar, e quero ligar para Marissa. Você a conhece. Queria que eu lhe contasse as novidades assim que voltasse.

Ficarei esperando aqui, fazendo companhia a Nor, decidiu Sterling, quando Dennis veio do bar.

— Queria dar os parabéns a Billy, mas ele sumiu.

— Ele subiu para se trocar — disse Nor.

Sterling ficou escutando enquanto Nor contava aos dois sobre a reunião de Billy com os executivos da gravadora. Então disse:

— A notícia do contrato é maravilhosa, mas vocês não imaginam como passei o dia todo tensa. Desde que Billy recebeu aquele telefonema, estou apavorada com o que os Badgetts podem fazer a seguir. ... E, neste instante, é melhor eu me apronter — concluiu. — Subimos no palco em 15 minutos. Você pode ficar, Sean?

— Um pouco. Kate está de plantão esta noite.

Dennis virou-se para Sean:

— Preciso voltar ao trabalho. Por que você não se senta no bar?

Quando o grupo se desfez, todos viram Billy descendo as escadas correndo, com um extintor de incêndio debaixo do braço.

— Mãe, seu carro está pegando fogo — disse ele, afobado. — Já liguei para 911.

A notícia do fogo se espalhou pelo salão. Dennis pegou um extintor do bar. O'Brien e Sterling seguiram logo atrás de Dennis, que correu até o veículo do lado de fora e, junto com Billy, tentou apagar as chamas.

Nor saiu do restaurante cercada por vários clientes que estava tentando tranqüilizar.

Caminhões de bombeiros entraram urrando no estacionamento, e, imediatamente, os soldados mandaram as pessoas se afastarem.

Levou apenas alguns minutos para o fogo ser controlado. O carro de Nor estava no lugar de sempre, perto da entrada da cozinha, bem longe da área de estacionamento dos clientes.

Então Nor chamou:

— Vamos lá, pessoal.

Ficou na porta, chamando todos para entrarem de volta no restaurante.

Depois que as mangueiras foram desligadas, o chefe da equipe de bombeiros, Randy Coyne, e um policial de Madison

Village falaram com Nor, Billy, Sean e Dennis em particular, no escritório de Nor.

— Nor, seu carro teve perda total, mas podia ter sido muito pior. Pelo menos, o fogo não se espalhou para outros veículos, e já posso lhe dizer que você teve sorte de não ter se espalhado para o restaurante.

— Como começou? — perguntou Nor baixinho.

— Achamos que foi ateado com gasolina.

Por um instante, a sala ficou em silêncio absoluto. Então Sean O'Brien disse:

— Randy, nós suspeitamos de quem possa estar por trás disso, mas é um caso do FBI. Eles já estão investigando uma ameaça telefônica que Billy recebeu hoje de manhã.

— Então ligue para eles imediatamente — disse o policial. — Vou garantir que uma viatura passe a noite aqui.

— E outra na casa de Nor — disse Sean O'Brien com firmeza.

— Vou gostar de saber que tem alguém tomando conta — admitiu Nor.

Sean virou-se para Nor e Billy:

— Nor, um conselho. A melhor coisa que vocês podem fazer agora é sair daqui e fazer tudo como de costume.

— Gostaria de poder ficar para a apresentação de vocês — disse o chefe dos bombeiros com um meio sorriso.

— Ficarei ali fora até que alguém seja designado para ficar aqui e na sua casa, Sra. Kelly — prometeu o policial.

Billy esperou até que eles fossem embora, e então disse, lentamente:

— Aconteceu uma coisa comigo no metrô hoje. Eu achei que tinha sido burrice minha, mas...

Sterling observou as expressões nos rostos de Nor, Dennis e O'Brien ficando cada vez mais sérias conforme Billy lhes contava o que havia acontecido no caminho para casa.

— O mesmo cara que o empurrou na beirada puxou-o de volta — disse Sean, sem rodeios. — É um velho truque dessa gente.

O telefone tocou, e Billy atendeu. Ficou ouvindo por um instante, enquanto a cor sumia de seu rosto. Então, ainda com o telefone na mão, disse:

— Alguém acabou de me pedir desculpas por ter me dado um encontrão na plataforma e dizer que talvez da próxima vez eu deva pegar o carro da minha mãe emprestado para ir a Nova York.

Num instante mais tarde na eternidade, mas uma semana depois pelo calendário terrestre, Sterling solicitou e conseguiu uma reunião com o Conselho Celestial.

Sentou-se na cadeira diante dos membros.

— Você parece estar com o peso do mundo em suas costas, Sterling — observou o monge.

— A sensação que eu tenho é essa, senhor — concordou Sterling. — Como vocês sabem, os acontecimentos da última semana se desenrolaram rapidamente depois do incêndio do carro. A polícia e o FBI convenceram Nor e Billy de que eles precisavam entrar para o programa de proteção a testemunhas até o julgamento dos irmãos Badgetts. A expectativa era de que o julgamento ocorresse dentro de relativamente pouco tempo.

— Todos sabemos que isso não vai acontecer — disse o pastor.

— Você tem um plano de batalha? — perguntou o almirante em tom imperativo.

— Tenho, sim, senhor. Gostaria de passar por este ano terreno muito rapidamente. Estou extremamente ansioso para chegar ao ponto em que conheço Marissa e posso começar a fazer alguma coisa para ajudá-la. Até lá as minhas mãos estão atadas. Gostaria apenas de vislumbrar, ao longo do caminho, o que precisarei saber para reunir Marissa com o pai e a avó com segurança.

— Então você não quer passar mais um ano inteiro na Terra? — perguntou a rainha, parecendo estar se divertindo.

— Não, não quero — respondeu Sterling, com a voz solene. — Meu tempo na Terra já passou. Estou impaciente para ajudar Marissa. Ela disse adeus a Nor e Billy há poucos dias e já está desconsolada.

— Temos consciência disso — disse a enfermeira, suavemente.

— Conte-nos o seu plano — sugeriu o santo indígena.

— Dêem-me a liberdade e o poder de me movimentar através do ano com a rapidez que eu considerar necessária, além da capacidade de me transportar de um lugar a outro simplesmente pedindo a vocês.

— Quem você está planejando visitar — perguntou o toureiro.

— Mama Heddy-Anna, por exemplo.

O Conselho Celestial encarou-o, em choque.

— Antes você do que eu — resmungou o monge.

— Mama Heddy-Anna já passou por muita coisa — disse a freira.

— Tenho pavor do dia em que ela aparecer por aqui — disse o almirante. — Já comandei navios em batalhas, mas devo admitir que uma mulher como aquela pode me transformar num covarde.

Todos riram. O monge ergueu a mão, com a palma para a frente:

— Vá em frente, Sterling. Faça o que for preciso. Tem o nosso apoio.

— Obrigado, senhor. — Sterling olhou nos olhos de cada um dos oito santos e então virou-se para a janela. Os portões do céu estavam tão perto, que ele teve a impressão de que poderia tocá-los.

— Está na hora de ir, Sterling — disse o monge, gentilmente. — Aonde você quer ir?

— À Valônia.

— Se é o que quer... — disse o monge, apertando o botão.

Nevava fraco, o vento estava frio, e a cidade de Kizkek parecia não mudar havia mil anos. Ficava num pequeno vale, aninhada ao pé de montanhas cobertas de gelo que pareciam formar um escudo protetor contra o mundo externo.

Sterling foi parar numa rua estreita na beirada da cidade. Uma carroça puxada por um burro estava se aproximando, e ele se afastou para o lado. Então olhou bem para o rosto do condutor. Era Mama Heddy-Anna em pessoa, e estava transportando uma carga de lenha!

Seguiu a carroça pela lateral da casa até o quintal. Mama parou ali, saltou, amarrou o burro num poste e começou a descarregar a lenha, atirando-a com força junto à casa.

Depois de esvaziar a carroça, soltou o burro e empurrou-o até uma parte cercada do terreno.

Estupefato, Sterling seguiu a Mama até o chalé de pedra. Parecia ser um ambiente de tamanho razoável construído em torno de uma lareira central. De uma panela grande pendurada sobre o fogo saía um delicioso cheiro de carne ensopada.

A área da cozinha tinha mesa e bancos de madeira. A cadeira de balanço da Mama estava diante de um aparelho de televisão, que se destacava de modo gritante no ambiente.

Outras duas poltronas gastas, um tapete velho e um armário de madeira manchada completavam a decoração.

As paredes eram cobertas de retratos dos dois rebentos de Heddy-Anna e de seu marido preso. Sobre o consolo da lareira, retratos emoldurados de vários santos, obviamente os preferidos da Mama.

Enquanto ela tirava o casaco pesado e o cachecol, Sterling subiu a escada estreita até o segundo andar. Lá em cima havia dois quartos pequenos e um banheiro minúsculo. Um dos quartos era evidentemente o da Mama. O outro tinha duas camas de solteiro lado a lado — obviamente onde Junior e Eddie deitaram suas inocentes cabecinhas durante os anos de formação, concluiu Sterling. Uma imensa distância da berrante mansão da North Shore de Long Island, onde os dois moravam hoje.

As camas estavam cobertas de roupas femininas de grife, todas ainda com as etiquetas. Eram evidentemente presentes dos filhos distantes. Todos considerados absolutamente inúteis pela mãe.

Sterling ouviu o som abafado de um telefone tocando e correu para baixo, percebendo imediatamente que o Conselho Celestial lhe dera um dom que ele não havia pensado em pedir. Nunca pensei que algum dia compreenderia valão, pensou ao ouvir a Mama pedir para uma amiga comprar mais vinho. Aparentemente, dez pessoas viriam almoçar, e ela não queria ficar sem bebida.

Ah, que bom, pensou Sterling. Ela terá companhia. É um excelente modo de compreender quem é Mama Heddy-Anna. Então seus olhos se arregalaram. Ela estava falando num telefone de parede na cozinha. Ao lado do aparelho, onde a maioria das pessoas deixa telefones de emergência, havia um quadro-negro com uma lista numerada.

Deve ser uma lista de compras, concluiu, até ver as palavras escritas em letras de fôrma na parte de cima do quadro.

DORES E PROBLEMAS

Os olhos de Sterling percorreram a lista:

1. Dor nos pés
2. Dores no coração
3. Gases
4. Tonturas
5. Vomitei duas vezes
6. Não sinto mais gosto de comida
7. Preciso me operar
8. Coração partido
9. Nunca fecho os olhos
10. Dor nas costas
11. Gengivas inchadas

Agora entendi tudo, pensou Sterling, ao ver marcas depois de cada reclamação com as datas das ligações feitas pelos irmãos dos Estados Unidos. Ela transformou isso numa ciência, pensou. Não usa a mesma reclamação duas vezes seguidas.

Mama Heddy-Anna desligou o telefone e ficou ao lado, examinando a lista com um sorriso satisfeito. Então, movimentando-se com a determinação de um militar, começou a pôr louças, copos e talheres sobre a mesa.

Alguns minutos depois, suas amigas começaram a chegar. Com um grande sorriso, recebeu a todas com abraços de urso.

Ela disse que seriam dez. São todas muito ágeis, observou Sterling. A décima convidada chegou trazendo o vinho.

Ele imaginou que todas tivessem entre setenta e oitenta anos de idade, parecendo ter passado muitos anos trabalhando ao ar livre. As peles curtidas e as mãos calejadas eram testemunhas de uma vida inteira de duro trabalho físico, mas o riso solto e a alegria na socialização eram iguais aos dos grupos de amigos que Sterling tinha visto se reunirem no bar King Cole, em Manhattan, ou no Nor's Place, em Long Island.

Mama Heddy-Anna tirou um pão fresco fumegante do forno e serviu o ensopado. Com as taças de vinho cheias, todas se reuniram em volta da mesa. Freqüentes acessos de riso seguiam as trocas de histórias sobre os outros moradores da cidade ou sobre os passeios que haviam feito juntas. Na semana anterior tinha havido um baile no salão da igreja, e Heddy-Anna dançara a dança típica da Valônia em cima de uma mesa.

— Agora quero dançar em cima de uma mesa no mosteiro, quando fizerem a inauguração do prédio como hotel no ano-novo — anunciou Heddy-Anna.

— Eu esquiei até lá e dei uma olhada — disse a mais nova do grupo, uma senhora robusta de setenta anos. — É inacreditável como ficou bonito. Esteve fechado por vinte anos, desde que o último monge foi embora. É bom ver tudo arrumado.

— Meus meninos iam esquiar lá o tempo todo — disse Heddy-Anna, servindo-se de mais ensopado. — É uma pena que o mosteiro fique do outro lado da fronteira. O dinheiro dos turistas seria muito bom para nós.

O toque do telefone fez todas rirem. Heddy-Anna limpou a boca com o guardanapo, piscou para as amigas, pôs o dedo nos lábios e esperou o quinto toque antes de atender, com a voz fraca:

— Aaaa... lllô.

Levantou-se para ver melhor o quadro-negro.

— Não estou ouvindo. Fale mais alto. Espere, preciso me sentar. Meu pé está doendo muito hoje. Fiquei sem equilíbrio. Passei a noite toda deitada no chão. Finalmente consegui me levantar.

Sua expressão mudou.

— Como assim "Foi engano"? Não é o meu Eddie?

Bateu o telefone.

— Alarme falso — disse às amigas ao sentar-se e pegar o garfo novamente.

— Foi um bom ensaio — disse admirada a mulher sentada ao seu lado. — Heddy-Anna, acredite em mim, você está melhor a cada dia.

O telefone tocou de novo. Desta vez, Heddy-Anna certificou-se de quem estava falando antes de começar a recitar sua lista de reclamações. Repetiu quase que literalmente a história que havia contado no primeiro telefonema.

— Além disso... — continuou, a voz lacrimosa.

A amiga mais próxima saltou e apontou o item seis da lista.

Heddy-Anna assentiu:

— ... não consigo sentir o gosto de nada do que como. Estou perdendo muito peso.

Acho que consegui entender o que está acontecendo na Valônia, pensou Sterling ironicamente. Agora quero dar um salto adiante para dar uma olhada em Marissa.

Deixou o chalé de pedra, olhou para as montanhas e fitou o céu.

Posso, por favor, voltar para a casa de Marissa? E que seja abril, pediu ele, fechando os olhos.

A primavera chega primeiro para os salgueiros, pensou Sterling ao olhar para o estreito e encantador conjunto de salgueiros no gramado do lado de fora da casa de Marissa, em Madison Village. Eles tinham um ar rosado, uma promessa dos brotos que em breve estariam visíveis.

Era começo de noite, e a escuridão estava começando a se instalar com o desaparecimento dos últimos raios de sol. Sterling entrou na casa e encontrou a família à mesa de jantar.

Pegou uma mesa na sala de jantar o mais longe possível de Roy Junior e Robert, que batiam as colheres com força nos cadeirões.

Marissa estava sentada na frente deles, mexendo silenciosamente num pedaço de frango.

Denise e Roy estavam nas pontas da mesa, ambos com as cadeiras meio de lado, de modo que cada um pudesse alimentar um dos gêmeos com mais facilidade.

— Como foi a escola hoje? — perguntou Roy a Marissa enquanto enfiava uma colherada de purê de batata na boca de Robert.

— Acho que foi bem — disse Marissa, com indiferença.

— Marissa, você só está brincando com a comida no prato. Precisa comer alguma coisa — pediu Denise, calando-se subitamente depois de receber um olhar de advertência de Roy.

Marissa soltou o garfo.

— Eu não estou mesmo com fome. Posso sair da mesa?

Denise hesitou, mas acabou assentindo.

— O Papai e a NorNor deverão ligar em mais ou menos uma hora.

— Eu sei.

— Eu chamo você, e você pode ir conversar com eles no nosso quarto.

Sterling ficou tentado a seguir Marissa, mas resolveu ficar para ouvir o que Denise diria a Billy quando ele telefonasse.

Denise esperou que Marissa sumisse nas escadas antes de falar:

— Roy, eu não consegui conversar com ela sobre os boletins. Ela simplesmente parece não estar conseguindo se concentrar nas aulas. A professora acha que ela está se culpando por Billy e Nor terem ido embora, que acha que fez alguma coisa errada.

— Muitas crianças se sentem assim quando acontece alguma coisa com os pais, seja morte, divórcio ou separação — disse Roy. — Nós temos que ser compreensivos.

Roy é uma boa alma, pensou Sterling. Está se esforçando muito.

— Qué descê, qué descê. — Roy Junior estava cansado de ficar sentado à mesa.

— Descê, descê — ecoou Robert, pulando sentado no cadeirão.

Roy comeu uma última garfada de salada e levantou-se.

— Vamos tomar o café mais tarde. Vou levar esses dois lá para cima e preparar os banhos deles.

Denise começou a tirar a mesa. O telefone tocou alguns minutos depois.

— Ah, Billy, você ligou antes — começou ela. — Não, claro que Marissa está em casa. Se ela sabe que você vai ligar, não sai de casa, com medo de não conseguir falar com vocês. Alguma novidade?

Ela ouviu, e então disse:

— Bom, quando falar com ela, diga como você sempre teve orgulho de ela ser uma boa aluna. Nós dois sabemos que ela faria qualquer coisa para agradá-lo. Tudo bem, vou chamá-la. Mande lembranças a Nor.

Pôs o telefone na mesa e foi até a escada.

— Marissa — chamou.

Marissa já estava no topo da escada.

— É o Papai no telefone?

— É.

Sterling subiu as escadas correndo e seguiu os pés velozes de Marissa até o quarto de casal. Ela fechou bem a porta atrás de si.

Nos minutos seguintes, Sterling ficou ouvindo Marissa pedindo a Billy que voltasse. Ela prometeu que nunca mais ia incomodar para ir ao cinema nem tentaria obrigá-lo a falar com ela no telefone quando estivesse ocupado nem...

Sterling aproximou-se e abaixou-se para escutar o que Billy estava dizendo.

— Querida, jamais pense isso! Não tem nada a ver com qualquer coisa que você tenha feito. Eu adorava quando você me telefonava...

— Então por que você não me dá o seu número agora? — perguntou Marissa, chorosa.

— Rissa, eu não posso. Preciso pegar um telefone emprestado para falar com você. Tudo o que NorNor e eu mais queremos é voltar para casa e ficar com você. Depois que eu voltar, prometo que vou compensar tudo...

Depois que finalmente deu um adeus choroso, Marissa voltou para o seu quarto, sentou-se à escrivaninha e ligou o aparelho de CD.

O som do sucesso de Billy encheu o quarto. "I know what I want... I know what I need..."

Sterling viu quando ela abaixou a cabeça nos braços e começou a chorar. Eu vou conseguir o que você quer e precisa, Marissa, jurou Sterling. E farei isso nem que precise mover céus e terra. Não, farei isso com a ajuda dos céus, corrigiu-se.

Fechou os olhos e dirigiu-se ao Conselho Celestial. Vocês podem, por favor, me levar até onde quer que os irmãos Badgetts estejam agora?

Quando Sterling abriu os olhos, estava dentro de um restaurante grande, agitado e barulhento sobre a água.

A menos que os irmãos estejam viajando, acho que é o estreito de Long Island, pensou. Olhou para a mulher que examinava o cardápio. Na capa, lia-se Sal's no Estreito.

Era um restaurante de grelhados e frutos do mar. Pessoas com babadores partiam as tenazes das lagostas; o filé de alcatra servido em bandejas aquecidas era visivelmente um prato popular. Além disso, ele percebeu que muitos clientes haviam escolhido sua entrada preferida: casquinha de siri.

Mas onde estavam Junior e Eddie? Já estava dando a segunda volta nas mesas, quando percebeu uma cabine de canto semicircular isolada com uma linda vista para a água. Olhando melhor, viu que seus três ocupantes eram ninguém mais, ninguém menos, do que Junior, Eddie e uma pouco vestida Jewel.

Junior e Eddie tinham acabado de fazer uma de suas visitas telefônicas a Mama Heddy-Anna, e, como sempre, ambos estavam numa preocupação crescente em relação a ela. Jewel sugerira que todos se sentiriam muito, muito melhor se saíssem para um bom e tranqüilo jantar.

Os três já estavam tomando drinques, e o garçom recolhia os cardápios.

Sterling sentou-se no peitoril da janela à direita deles. O que será que eles pediram? pensou.

— Acho que não vou conseguir comer nada — lamentou Eddie. — Quando penso em como a Mama está doente, fico chorando por dentro.

— Você esteve chorando por fora também, Eddie — disse Jewel. — Seu nariz está todo vermelho. — Deu uns tapinhas na mão de Junior. — O seu também está vermelho, fofinho.

Junior empurrou a mão dela para longe.

— Estou resfriado.

Jewel percebeu o erro que havia cometido.

— E tem as suas alergias também, querido. Esta época é terrível para alergias. E há anos não era tão ruim.

— É, é. — Junior levantou o copo.

— Ela caiu de novo — lamentou Eddie. — O pobre pezinho da nossa Mama cedeu de novo; além disso, ela está com as gengivas inchadas. Não sente mais o gosto de nada.

— Ela diz isso desde que eu conheci você há três anos — disse Jewel, com franqueza. — Ela deve estar comendo alguma coisa.

Ensopado de carne, pensou Sterling. Muito ensopado de carne.

— Ela não caía desde janeiro — continuou Eddie. — Eu estava com esperança de que as pernas dela estivessem melhorando. — Virou-se para Junior. — Precisamos ir ver a nossa Mama. Estou dizendo; precisamos ir vê-la.

— Nós não podemos ir, e você sabe disso — disse Junior em tom irritado. — Mandamos uma roupas novas bem legais para alegrá-la.

— Ela vai adorá-las — entusiasmou-se Jewel. — Escolhi todas as peças com carinho. Dois pijamas de cetim, um vestido de coquetel e um chapéu com muitas flores para ela usar na igreja no domingo de Páscoa.

A expressão de Eddie azedou.

— A Mama diz que as roupas que nós mandamos são uma porcaria.

— Isso me magoa — disse Jewel, fazendo beicinho. — Se eu a conhecesse, poderia escolher melhor. Toda mulher tem problemas com o próprio corpo. Quero dizer, os quadris, a cintura ou o bumbum dela podem ter uma forma esquisita...

— Cale a boca, Jewel — trovejou Junior. — Não quero mais aulas de anatomia.

Eu estava gostando, pensou Sterling.

Claramente ofendida, Jewel levantou-se.

— Com licença, por favor — disse, com um tom de voz exagerado.

— Aonde tu vai? — perguntou Eddie.

— Ao banheiro — disse ela, com um gesto de impaciência.

— Ela ficou brava porque eu disse que a Mama não gosta das roupas que ela escolheu?

— Esqueça as roupas — gritou Junior. — Escute aqui, eu recebi uma ligação quando você estava no banheiro.

— Quando foi que eu estava no banheiro?

— Você sempre está no banheiro.

— Não estou, não.

— Está, sim. Toda vez que vou procurar por você, você está no banheiro. Agora me ouça. Os nossos rapazes não estão conseguindo encontrar a Nor Kelly e o Billy Campbell.

— São um bando de panacas — disse Eddie.

— Nada como um panaca para reconhecer outro. Fique de boca fechada e me escute. Todo o caso contra nós deixa de existir se esses dois não testemunharem. Precisamos nos livrar deles.

— É um país muito grande. Como podemos nos livrar deles, se não conseguimos encontrá-los?

— Nós precisamos encontrá-los. Eu dei o próximo passo. Contratei um certo matador de aluguel.

Eddie olhou para Junior:

— Não o Igor?

— Sim, o Igor — disse Junior. — Ele é muito bom no que faz. Disse que a única pista que temos até agora é que os dois estão em algum lugar no Oeste.

— Voltei — trinou Jewel deslizando no banco e beijando Junior no rosto. — Perdoei vocês dois por não darem valor a tudo o que eu faço para deixar a Mama Heddy-Anna contente e confortável, e quero dizer uma coisa. Acho que vocês dois deviam dar um jeito de visitar a Mama, e deviam fazer isso antes que seja tarde demais.

Junior olhou furioso para ela.

— Pare com isso.

O garçom apareceu com a bandeja das entradas.

Já sei o que precisava saber, pensou Sterling. Os irmãos Badgetts estão determinados a pegar Nor e Billy para garantir que os dois não testemunhem contra eles.

Sterling resolveu fazer uma longa caminhada antes de pedir para ser transportado para outro lugar. Uma hora depois, havia tomado sua decisão. Fechou os olhos e sussurrou: gostaria de ir para o verão e, por favor, pode ser junto com Nor e Billy?

Eles certamente não estão morando aqui, pensou Sterling, arrasado. Ele estava na varanda do segundo andar de um motel em péssimo estado bem ao lado de uma estrada movimentada. Embora fizesse muito calor, a região era bonita. Como na cidadezinha de Mama Heddy-Anna, a paisagem ostentava vistas magníficas de montanhas.

Quatro dos seis veículos estacionados do lado de fora tinham placas do Colorado.

Sterling notou um homem grandalhão de óculos escuros sentado num utilitário. Teve a impressão de que o homem estava olhando pelo retrovisor, observando a porta bem atrás dele.

Sterling virou-se e espiou pela janela. Billy estava de pé no quarto prosaico, as mãos nos bolsos. Olhava para Nor, sentada na beirada da cama, com o telefone nas mãos.

Os dois estavam diferentes. O cabelo louro de Nor estava castanho-claro, preso num coque elegante na altura da nuca. Billy estava de barba, com os cabelos escuros muito mais curtos.

Talvez seja daqui que eles façam as ligações para casa, pensou Sterling. Se estão no Programa de Proteção a Testemunhas, só podem telefonar de linhas seguras. Os dois parecem estar morrendo de preocupação.

Sterling entrou e, tirando o chapéu, aproximou o ouvido do telefone. Estou ficando craque em bisbilhotar, pensou. Ouviu uma voz familiar do outro lado da linha e percebeu que Nor estava falando com Dennis.

— Nor, eu não preciso dizer que o restaurante depende de você — dizia Dennis. — Claro que eu sei fazer bons drinques, os rapazes são bons garçons, e Al é o melhor chef que já tivemos, mas isso não basta. Quando os clientes vêm, querem ver você na sua mesa.

— Eu sei. Qual foi o prejuízo deste mês?

— Muito grande. Não estamos enchendo nem um quarto das mesas, nem aos sábados.

— O que significa, é claro, que as gorjetas dos garçons diminuíram muito — disse Nor. — Olhe, Dennis, isso não pode durar muito mais tempo. No instante em que o julgamento terminar, e os Badgetts forem para a prisão, nós poderemos voltar. Calcule quanto os rapazes estão perdendo em gorjetas; vamos compensá-los com metade da quantia nos seus salários fixos.

— Nor, acho que você não me entendeu. Você já está perdendo dinheiro muito rapidamente do jeito que as coisas estão.

— E talvez você não tenha me entendido — exaltou-se Nor. — Eu sei que o restaurante precisa que eu esteja presente. Mas você, Al, os garçons, os auxiliares de cozinha e o pessoal da limpeza são todos parte do que faz tudo dar certo. Levei anos para montar uma equipe tão boa e não pretendo perdê-la agora.

— Calma, Nor, só estou tentando fazer com que você mantenha a cabeça fora d'água com o restaurante.

— Perdão, Dennis — disse Nor, arrependida. — Essa coisa toda está acabando comigo.

— Como está o Billy?

— O que você acha? Ele acabou de ligar para a Marissa e a gravadora. A Marissa se recusa terminantemente a falar com ele — ou comigo, também —, e a gravadora disse que, a menos que essa situação termine logo, o contrato dele terá que ser cancelado.

Fez-se um silêncio, e Nor então disse:

— Dennis, sabe aquele quadro impressionista que fica perto da lareira na minha sala de estar?

— Aquela pintura por números?

Era uma velha brincadeira dos dois.

— É. Você tem minha procuração. Vá até o meu cofre e pegue os documentos referentes a ele. Leve tudo à Galeria Reuben. Sei que farão uma oferta por ele. Deve valer pelo menos sessenta mil dólares. Isso vai ajudar.

— Você adora aquele quadro, Nor.

— Não tanto quanto o meu restaurante. Tudo bem, Dennis, acho que não posso agüentar mais nenhuma boa notícia. Falo de novo com você em mais ou menos duas semanas.

— Claro, Nor. Agüentem firme.

A ligação seguinte foi para Sean O'Brien, para ver se havia alguma novidade em relação à data do julgamento. Não havia.

Os dois saíram do quarto do motel em silêncio, desceram a escada que levava ao estacionamento e entraram no utilitário em que estava o homem de óculos escuros. Deve ser o policial federal que toma conta deles, concluiu Sterling.

Ele foi no banco de trás com Nor. Nenhuma palavra foi dita em todo o percurso de vinte minutos. Ele viu uma placa indicando que Denver estava a cinqüenta quilômetros de distância. Sei exatamente onde estamos, pensou. A Academia da Força Aérea fica aqui perto.

Billy e Nor estavam morando numa casa mediana em dois níveis, cuja única virtude, até onde Sterling podia perceber, era a localização. Ficava num grande terreno, sombreado por árvores altas, que davam privacidade.

Quando o carro parou, Billy falou com o policial:

— Frank, você pode entrar, por favor? Preciso falar com você.

— Claro.

A mobília da sala parecia ter sido comprada no leilão de um motel falido: sofá e poltronas de curvim, mesas de centro e de canto de fórmica descombinadas e carpete amarelo-queimado. Um ar-condicionado barulhento se esforçava para produzir ar frio.

Sterling percebeu as tentativas de Nor de tornar o ambiente habitável. Reproduções emolduradas de bom gosto nas paredes desviavam o olhar dos móveis horrendos. Um vaso de margaridas amarelas e várias plantas maiores em vasos aliviavam o clima depressivo.

A sala de estar dava para o que devia ser uma sala de jantar. Billy a transformara numa sala de música, mobiliando o ambiente com um piano de armário arranhado cheio de folhas de música, um aparelho de CD e prateleiras com CDs. A guitarra estava encostada numa banqueta perto do piano.

— Como posso ajudá-lo, Billy? — perguntou o policial.

— Arrumando as malas comigo. Não vou ficar aqui mais nem uma noite. Estou cheio.

— Billy, isso não é culpa do Frank — disse Nor, esperando acalmá-lo.

— Até onde sabemos, esse julgamento nunca vai acontecer. E eu preciso passar o resto da minha vida apodrecendo nesta casa? Frank, deixe-me explicar-lhe uma coisa. Eu fiz trinta anos na semana passada. No mundo da música, isso é ser velho, você me entende? Velho. Quem se dá bem hoje em dia começa aos 17 anos, ou mesmo antes.

— Billy, acalme-se — implorou Nor.

— Eu não consigo me acalmar, mãe. Marissa está crescendo sem a gente. Crescendo com ódio de mim. Toda vez que converso com Denise, ela me diz como está preocupada com Rissa, e com toda razão. Vou me arriscar. Se alguma coisa me acontecer, pelo menos será enquanto eu estiver vivendo a minha vida.

— Escute aqui, Billy — interrompeu o policial. — Eu sei como tudo isso é frustrante para você e a sua mãe. Você não é o primeiro a pirar nesse programa. Mas está correndo perigo de verdade. Temos como descobrir as coisas. Não havia por que contar isso antes, mas você e a sua mãe estão marcados para morrer desde janeiro. E depois que os capangas pessoais dos Badgetts não conseguiram encontrá-los, os dois contrataram um assassino de aluguel.

Nor empalideceu.

— Quando o contrataram?

— Há três meses. Sabemos quem é, e os nossos homens estão procurando por ele. Agora, você ainda quer que eu ajude você a arrumar as malas?

Billy perdeu o chão.

— Acho que não. — Foi até o piano e sentou-se. — Acho que vou continuar compondo músicas que outros terão a chance de cantar.

O policial cumprimentou Nor e saiu. Depois de alguns instantes, Nor foi até Billy e pôs as mãos em seus ombros.

— Isso não vai durar para sempre, sabia?

— É o inferno na terra.

— Concordo com você.

Eu também, pensou Sterling. Mas o que devo fazer? Quanto mais sabia sobre o problema, menos se sentia capaz de resolvê-lo.

Depois de lançar um olhar compreensivo a Nor e Billy, foi para a rua. Estou acostumado com a altitude do céu, mas não com a do Colorado, pensou, sentindo-se um pouco tonto.

É difícil acreditar que Nor e Billy ainda estarão aqui em dezembro. Só posso imaginar o estado emocional deles até lá. Aonde mais posso ir? O que posso fazer? Tudo depende do julgamento. Talvez eu deva passar no advogado dos Badgetts. Afinal, foi ele quem viu Billy e Nor saindo do escritório de Junior.

Vou adorar sair deste calorão, pensou Sterling, fechando os olhos. O verão sempre foi a estação de que eu menos gostei.

Voltou a se dirigir ao Conselho Celestial. Posso, por favor, ser transportado até a presença de Charlie Santoli, no começo de dezembro? Amém, acrescentou.

— Devíamos ter instalado as luzes há pelo menos uma semana — comentou Marge enquanto desenrolava mais um fio de lampadazinhas e as passava para Charlie, que estava numa escada do lado de fora da janela da sala deles.

— Eu ando muito ocupado, Marge. Não sobrou tempo. — Charlie conseguiu jogar as luzes por cima do pinheiro, que havia crescido consideravelmente desde o ano anterior. — Sabia que podemos pagar a alguém para fazer isto? Os profissionais têm escadas mais altas, são mais jovens, mais fortes, e fariam um serviço melhor.

— Ah, mas aí perderíamos toda a diversão, Charlie. Há quarenta anos fazemos isso juntos. Vai chegar a hora em que você realmente não poderá fazer isso, e então vai sentir saudade. Admita que adora esse ritual.

Charlie sorriu, relutante.

— Se você está dizendo...

Sterling sentou-se na escada da entrada e ficou observando o casal. Ele realmente está se divertindo. É um homem de família, pensou.

Uma hora depois, gelados, mas satisfeitos consigo mesmos, Marge e Charlie entraram na casa, tiraram os casacos e as luvas e foram até a cozinha para uma xícara de chá. Com o bule e os biscoitos de Natal recém-assados diante deles, Marge soltou a bomba.

— Quero que você peça demissão aos irmãos Badgetts, Charlie. E quero que você faça isso amanhã de manhã.

— Marge, você está maluca? Eu não posso fazer isso.

— Pode, sim. Nós não estamos ricos, Deus sabe, mas já temos o bastante para viver. Se você quer continuar trabalhando, monte o seu escritório de novo e faça transferências de imóveis e testamentos. Mas eu não vou mais ficar assistindo enquanto você programa um ataque cardíaco trabalhando para os Badgetts mais um dia que seja.

— Marge, você não está entendendo... eu não posso pedir demissão — disse Charlie, desesperado.

— Por que não? Se você cair morto, eles vão contratar outro advogado, não vão?

— Marge, não é isso. É que... por favor, vamos esquecer isso.

Marge levantou-se e pôs as duas mãos sobre a mesa.

— Então o que é? — perguntou, aumentando o tom de voz a cada palavra. — Charlie, eu quero saber a verdade. O que está acontecendo?

Sterling ouviu Charlie, primeiro hesitante, depois num turbilhão de palavras, confessar à mulher que, com o passar dos anos, havia se envolvido em fazer ameaças a pessoas que ficavam no caminho dos Badgetts. Viu a reação de Marge passar do choque horrorizado à preocupação profunda quando ela percebeu o quanto o marido havia sido torturado emocionalmente durante anos.

— O julgamento que estou conseguindo adiar tem a ver com o incêndio do depósito perto de Syosset no ano passado.

Os cantores contratados para aquela festa de aniversário da Mama Heddy-Anna ouviram Junior dar a ordem para incendiá-lo. Estão dizendo que os dois estão trabalhando na Europa, mas a verdade é que eles estão sob proteção do governo.

Então é isso que estão falando de Nor Billy, pensou Sterling.

— Por que você quer que o julgamento seja adiado?

— Nós subornamos uns especialistas que vão jurar que o fogo foi provocado por pane elétrica. Hans Kramer, o cara que era dono do depósito, desapareceu, mas os irmãos descobriram no mês passado que ele e a mulher estão morando na Suíça. Os dois têm família lá, e, depois do que aconteceu, Kramer não quer se complicar com os Badgetts.

— Você não respondeu à minha pergunta, Charlie.

— Marge, não sou eu que quero os adiamentos. São os Badgetts.

— Por quê? — perguntou ela, olhando bem nos olhos do marido.

— Porque eles não querem que o julgamento comece antes que Nor Kelly e Billy Campbell sejam silenciados para sempre.

— E você está de acordo com isso? — perguntou ela, incrédula.

— Talvez eles não os encontrem.

— E talvez os encontrem. Charlie, você não pode deixar isso acontecer!

— Eu sei disso. — Explodiu ele. — Mas não sei o que fazer. Você precisa saber que, no instante em que eu procurar o FBI, os Badgetts vão ficar sabendo. Eles têm como descobrir essas coisas.

Marge começou a chorar.

— Como isso foi acontecer? Charlie, não importa quais sejam as conseqüências para nós, você precisa fazer a coisa certa. Só espere mais alguns dias, até depois do Natal. Vamos ter mais um Natal em que estaremos todo juntos. — Limpou o rosto com as costas das mãos. — Vou rezar por um milagre.

Charlie levantou-se e abraçou a mulher.

— Bom, quando você rezar, seja mais específica — disse ele, com um sorriso cansado. — Reze para que Junior e Eddie visitem Mama Heddy-Anna na terra natal deles. Posso fazer a polícia prendê-los no instante em que os dois puserem os pés em solo valão. Então todos estaríamos livres.

Marge olhou para ele.

— Do que você está falando?

— Os dois foram julgados *in absentia* pelos crimes que cometeram lá e condenados à prisão perpétua. É por isso que nunca podem voltar.

Prisão perpétua! pensou Sterling. Afinal compreendia o que precisava fazer. A única questão era como faria isso.

Sterling foi para a rua. Marge havia ligado as luzes de Natal assim que Charlie terminara de pendurá-las. O tempo estava mudando, e o sol de fim de tarde havia desaparecido atrás de nuvens pesadas. As lâmpadas multicoloridas do pinheiro piscavam alegremente, ajudando a dissipar a crescente melancolia do dia de inverno.

De repente, como uma bênção, Sterling lembrou de algo que havia ouvido na mesa de almoço da Mama Heddy-Anna. É possível, ele pensou, é possível. Um plano para levar os irmãos de volta à terra natal começou a se formar em sua cabeça.

Era um tiro no escuro, mas talvez pudesse funcionar!

— Sterling, parece que você andou fazendo a lição de casa — disse a freira, em tom de aprovação.

— Você é um belo viajante do mundo — rugiu o almirante.

— Ficamos surpresos que tenha voltado à Valônia — disse o monge —, mas então começamos a suspeitar do que você estava planejando. Aquele era meu antigo mosteiro, sabia? Vivi lá há quatrocentos anos. É difícil acreditar que virou um hotel. Não consigo imaginar aquele lugar com serviço de quarto.

— Posso compreender isso, senhor — concordou Sterling. — Mas, para os nossos objetivos, vem a calhar. Acho que finalmente encontrei um modo de ajudar Marissa, Nor e Billy. E talvez até mesmo Charlie. Ele precisa tanto da minha ajuda quanto Marissa, mas de um jeito diferente.

Endireitou os ombros e olhou para cada um dos membros do conselho.

— Peço permissão para aparecer para Charlie, a fim de que ele possa me ajudar a resolver os problemas.

— Você quer dizer aparecer como apareceu para Marissa, que compreendeu que você não era do mundo dela? — perguntou o pastor.

— Isso mesmo.

— Talvez fosse melhor pensar em aparecer para Marge também — sugeriu a rainha. — Alguma coisa me diz que é ela quem manda no galinheiro naquela casa.

— Fiquei com medo de forçar a barra e pedir para vê-la — admitiu Sterling com um sorriso. — Seria maravilhoso poder me comunicar com os dois.

— Forçar a barra? — perguntou o toureiro, erguendo as sobrancelhas. — Essa expressão não era usada quando você era vivo.

— Eu sei. Mas ouvi em algum lugar. Talvez no restaurante da Nor. Gostei dela. — Levantou-se. — Conforme o calendário terrestre, amanhã será o dia em que conheço Marissa. Fechei o ciclo.

— Não se esqueça de que foi também o dia em que apareceu diante de nós pela primeira vez — provocou o santo indígena.

— Garanto que isso eu jamais esquecerei.

— Vá em frente, com a nossa bênção — disse-lhe o monge. — Mas, lembre-se... o dia de Natal, que você espera celebrar no céu, está muito próximo.

Marissa abriu a porta do quarto e ficou encantada ao ver Sterling sentado na poltrona ao lado da escrivaninha.

— Achei que você ia sair e voltar para dizer boa-noite — disse.

— Eu saí — explicou ele. — Dei uma olhada em todo o último ano da sua vida quando você estava jantando e entendi por que o Papai e a NorNor tiveram que partir.

— Mas eu só fiquei uma hora lá embaixo!

— O tempo é diferente para mim — disse Sterling.

— Fiquei pensando em você. Comi depressa e depois fiquei presa ouvindo o Roy contar uma história chata sobre o Natal de quando ele era criança e foi um dos pastores na peça da escola. Saí de lá assim que pude. Estou tão feliz que você esteja aqui.

— Bom, eu fiquei sabendo de muita coisa enquanto você estava jantando. Agora vou ter que sair, porque vou trabalhar muito para tentar trazer o Papai e a NorNor de volta para o seu aniversário.

— É na véspera de Natal — lembrou ela, rapidamente. — Vou fazer oito anos.

— Eu sei disso.

— Faltam só quatro dias.

Sterling viu ceticismo misturado a esperança nos olhos de Marissa.

— Você pode me ajudar — disse ele.

— Como?

— Reze um pouco.

— Vou rezar. Prometo.

— E seja boazinha com Roy.

— Não é fácil. — Toda a postura dela mudou, e sua voz ficou mais grave. — "Lembro da vez em que... blablablá".

— Marissa — alertou Sterling, piscando o olho para ela.

— Eu seeeeeei... — disse ela. — O Roy é legal, acho.

Sterling levantou-se, saboreando a momentânea alegria que viu nos olhos de Marissa. Foi uma lembrança instantânea da primeira vez em que a vira com Billy e Nor. Não posso decepcioná-la, pensou. Foi ao mesmo tempo um pedido e uma promessa.

— Preciso ir agora, Marissa.

— Véspera do Natal... você prometeu — disse ela.

Charlie e Marge sempre arrumavam os presentes debaixo da árvore alguns dias antes do Natal. Os três filhos deles moravam perto, em Long Island, uma bênção pela qual Marge agradecia todos os dias.

— Quantos filhos estão espalhados pelos confins do mundo? — perguntava ela retoricamente debaixo do secador. — Temos muita sorte.

Seus seis netos eram uma fonte de alegria. Do adolescente de 17 anos prestes a entrar na faculdade ao menino de seis anos na primeira série.

— Todos bons filhos. Nenhuma fruta podre na caixa — costumava gabar-se Marge.

Mas, naquela noite, depois que arrumaram os presentes, Marge e Charlie não sentiram a mesma satisfação e expectativa de sempre. O pavor em relação à inevitável conseqüência de Charlie procurar o FBI pairava sobre eles. Às 20h30, os dois estavam sentados em silêncio, lado a lado, na sala de estar, com Charlie trocando os canais da televisão com indiferença.

Marge olhava fixamente para a árvore de Natal, uma visão que costumava dar-lhe tranqüilidade e alegria. Agora, aquilo não exercia esse efeito sobre ela. Nem mesmo os enfeites feitos em casa pelo netos durante todos aqueles anos conseguiam pôr um sorriso em seu rosto.

Então, enquanto ela olhava para a árvore, um dos enfeites caiu no tapete: o anjo de papel machê com uma asa menor do que a outra e chapéu em vez de auréola. Ela se levantou para recompor o anjo, mas, antes de alcançá-lo, o enfeite começou a brilhar.

Seus olhos se arregalaram, e o queixo caiu. Para variar, não disse nada. Em dez segundos, o anjo se transformou num homem de rosto agradável e bem vestido, de casaco azul-escuro e chapéu, que ele tirou imediatamente.

— AAAAAAAAAHHHHHHHHHHH — gritou Marge.

Charlie, que tinha começado a cochilar no sofá, deu um pulo, viu Sterling e gritou:

— Junior mandou você, eu sei disso.

— Jesus, Maria, José — gritou Marge, como uma oração. — Não foram os Badgetts que o mandaram, Charlie. Ele é um fantasma.

— Por favor, não fiquem assustados. Estou aqui para ajudá-los a resolver seus problemas com os Badgetts — disse Sterling, calmamente. — Sentem-se.

Os dois se entreolharam e obedeceram. Marge se benzeu.

Sterling sorriu. Por um instante, ficou em silêncio, querendo que se acostumassem a ele e perdessem qualquer resquício de receio de que pudesse fazer-lhes mal.

— Posso me sentar? — perguntou.

Os olhos de Marge ainda estavam muito arregalados.

— Por favor, e sirva-se de biscoitos de Natal — disse ela, apontando para o prato sobre a mesa de centro.

— Não, obrigado — disse ele, sorrindo. — Não como mais.

— Quisera eu ter esse problema — disse Charlie, encarando Sterling, ainda com o controle remoto na mão.

— Desligue a TV, Charlie — ordenou Marge.

Clique. Sterling estava se divertindo, lembrando da observação da rainha sobre Marge mandar no galinheiro naquela casa. Percebeu que os dois começaram a relaxar. Entenderam que não estou aqui para fazer-lhes mal, pensou. Está na hora de me explicar.

— Você conhece Nor Kelly e Billy Campbell, Charlie — começou. — E sabe que os dois estão no Programa de Proteção a Testemunhas.

Charlie assentiu.

— Eu fui enviado para ajudar a filhinha de Billy, Marisa, que quer muito se reencontrar com o pai e a avó. Para conseguir isso, é preciso remover a ameaça que paira sobre eles.

— Junior e Eddie — disse Charlie, sem rodeios.

— Aqueles dois! — disse Marge com desprezo na voz.

— Quando comecei a investigar a melhor maneira de garantir a segurança de Nor e Billy, percebi que você também está correndo sério perigo com os Badgetts.

Marge segurou a mão de Charlie.

— Depois de compreender todas as circunstâncias, cheguei à conclusão de que a melhor forma de resolver o problema, e também a mais eficiente, é fazer os Badgetts voltarem para a Valônia, onde serão trancafiados pelo resto da vida.

— E espero que joguem a chave fora — acrescentou Marge. — Aqueles dois são muito, muito maus.

Sempre advogado, Charlie disse:

— Posso garantir que não existe a menor possibilidade de aqueles dois algum dia voltarem a pisar em solo valão de livre e espontânea vontade.

— Nem mesmo pela Mama Heddy-Anna? — perguntou Sterling.

— Já faz quase 15 anos que os dois vêm se martirizando por não irem vê-la, mas ainda não lhe fizeram uma única visita — disse Charlie.

— Tenho um plano que pode levá-los de volta para o lado da mãe — explicou Sterling.

Com as expressões subitamente cheias de esperança, Charlie e Marge ouviram atentamente.

Na manhã seguinte, o agente do FBI Rich Meyers chegou à casa de Charlie e Marge Santoli acompanhado de seu principal assistente, o agente Hank Schell. Vestidos como operários, os dois levavam caixas de ferramentas com equipamentos de gravação.

Sentaram-se à mesa da cozinha com os Santoli, enquanto Schell instalava e testava o microfone.

Quando Charlie ligara para Meyers na noite anterior, o agente o alertara para o fato de que talvez ele devesse buscar aconselhamento jurídico antes de falar oficialmente e fazer revelações que potencialmente poderiam incriminá-lo.

Charlie havia descartado a sugestão. Tenho algo muito melhor do que um advogado, pensou. Tenho Sterling ao meu lado.

— Pronto, Sr. Santoli? — perguntou Meyers.

— Pronto. Para registro, meu nome é Charles Santoli...

Durante toda a hora seguinte, Charlie descreveu sua ligação com os Badgetts, começando com suas empresas legítimas, depois detalhando o crescente conhecimento que obtivera a respeito de suas atividades criminosas. Concluiu dizendo que, em sua opinião, o governo jamais conseguiria condenar Junior e Eddie Badgett pelo incêndio criminoso no caso do depósito de Kramer, e que Nor Kelly e Billy Campbell estariam para sempre correndo sério perigo, estivessem ou não sob proteção do governo.

Meyers ficou ouvindo impassível.

Charlie respirou fundo.

— A partir do que vou sugerir a vocês, pode parecer que eu precise de medicamentos, e não de ajuda legal, mas pelo menos me ouçam.

Sterling fez uma careta para Charlie e piscou.

Com um leve sorriso, Charlie explicou calmamente o plano que Sterling havia exposto para ele na noite anterior. De vez em quando, olhava para Sterling em busca de aprovação e recebia um encorajador aceno de cabeça.

A primeira reação de Meyers — "Você quer fazer *o quê*?" — mudou gradualmente para um "Não é impossível", até, finalmente:

— Passamos milhares de horas tentando apanhar esses caras sem conseguirmos fazer nada colar neles. Mas se os dois forem para a prisão pelo resto da vida, na Valônia, todos os seus esquemas podres vão desmoronar.

— É isso o que eu quero dizer — disse Charlie, ansioso. — Pode levar anos para haver uma condenação aqui. E, mesmo na prisão, eles ainda seriam perigosos. Mas se os dois forem presos do outro lado do mundo, aqueles capangas patetas deles simplesmente desaparecerão.

Depois de desligarem o gravador, os dois agentes se levantaram, e Meyers disse:

— Evidentemente, eu preciso conversar com a chefia sobre isso. Volto a procurá-lo daqui a mais ou menos duas horas.

— Estarei aqui — disse Charlie. — Meu escritório estará fechado até o Natal.

Quando Meyers e Schell foram embora, Marge comentou:

— Esperar é sempre a pior parte, não é?

Sterling pensou nos 46 anos que passara na sala de espera celestial.

— Concordo completamente — disse. — Tomara que a espera termine logo para todos nós.

Às 13 horas, Rich Meyers telefonou novamente.

— Tudo liberado. Se você puder fazer a sua parte, nós cuidaremos do resto.

— As lojas estão sempre tão cheias na época do Natal — suspirou Jewel quando a limusine atravessou os portões da propriedade dos Badgetts às 15 horas. — Mas você não entra no clima indo ao shopping e vendo todo mundo correndo de um lado para outro, fazendo as compras de última hora?

— Isso só me irrita — disse Junior, amargo. — Não sei como você me convenceu a ir.

— Nem eu — seguiu Eddie. — Não sou do tipo que come em praça de alimentação. Aquilo estava tão barulhento, que eu não conseguia ouvir nem os meus pensamentos.

— Você nunca pensa, mesmo — resmungou Junior.

— Muito engraçado — rosnou Eddie. — Todo mundo diz que eu puxei a você.

— Mas nós compramos muitas coisas boas — disse Jewel, radiante. — Aqueles blusões de esqui que eu lhe dei são tão bonitos. Pena que a gente nunca vá a lugar nenhum, e não haja muito esqui em Long Island — continuou ela, dando de ombros. — Ah, bem. O que se há de fazer?

Dentro de casa, Jewel foi direto para o salão acender a árvore de Natal.

— Não posso negar que adorei todas essas luzes roxas — murmurou ela ao se agachar, com o fio na mão, procurando pela tomada.

Junior estava na janela.

— Você convidou alguma das suas amigas bobas para vir aqui, Jewel? Tem um carro no portão.

— Minhas amigas não são bobas, e, não, pois elas estão todas fazendo compras.

O interfone tocou. Eddie foi até o painel de segurança na parede e apertou o botão.

— Quem é?

— É o Charlie. Estou com a minha mulher. Vocês se importam se nós entrarmos por alguns minutos?

Eddie revirou os olhos.

— Claro. Acho que não tem problema.

— A troco de quê o Charlie está trazendo a Marge aqui? — perguntou Junior, num tom irritado.

— É fim de ano — lembrou Jewel. — As pessoas se visitam nesta época do ano. Nada de mais. Só uma atitude gentil e amigável. E carinhosa.

— Detesto fim de ano — disse Eddie. — Essas festas fazem com que eu me sinta mal.

— É uma reação muito natural — disse-lhe Jewel, em tom sério. — Acabei de ler um artigo de um psicólogo muito inteligente. Segundo ele, as pessoas se deprimem porque...

— Porque gente como você as enlouquecem — interrompeu Eddie.

— Pare com isso, Eddie. A Jewel só está tentando nos alegrar.

— Ah, fofinho, você tem toda razão. É o que eu mais quero fazer.

Eddie foi até a porta para receber os Santoli.

Quando a maçaneta girou, Sterling sussurrou:

— Não fique nervosa, Marge.

A saudação desanimada de Eddie — "E aí, podem entrar" — fez com que os dois Santoli soubessem exatamente o quanto eram bem-vindos.

Marge se segurou firme e acompanhou Eddie até o salão, seguida por Charlie e o sempre presente Sterling.

— Sejam bem-vindos — trinou Jewel. — Feliz Natal. Que bela surpresa. Ficamos muito felizes quando vimos o carro de vocês chegando.

Ah, meu Deus, olhe aquela árvore, pensou Marge. Nas poucas vezes em que estivera naquela casa perto do Natal, as árvores eram razoavelmente tradicionais. Mas não este ano.

Ela trouxera uma lata de biscoitos, que deu a Jewel.

— Faço esses biscoitos para todos os meus amigos no Natal — disse.

— Um sinal de amor — arrulhou Jewel.

— Sentem-se um pouco — disse Junior. — Estávamos de saída.

— Sentem, sentem, sentem — convidou Jewel.

— Não vamos ficar por muito tempo — prometeu Charlie, enquanto ele e Marge se sentavam num sofá. — É que a Marge teve um sonho tão forte na noite passada, que achou que precisava avisar vocês.

— Avisar sobre o quê? — perguntou Junior, com o tom de voz calculado.

— Tive um sonho muito perturbador na noite passada... sobre a mãe de vocês — começou Marge.

— MAMA! — berrou Eddie. — Aconteceu alguma coisa com ela?

Marge sacudiu a cabeça.

— Não, mas ela sofre de tonturas?

— Sim. — Os olhos de Junior se fixaram no rosto de Marge.

— Dores no coração?

— Sim.

— Gases?

— Sim.

— Ela reclama de não sentir o gosto da comida?

— Sim.

— E de nunca fechar o olho?

— Sim.

— Vomita de vez em quando?

— Sim?

— Tem as gengivas inchadas?

— Eu não agüento mais — gritou Eddie, com o rosto se desmanchando em lágrimas. — Preciso ligar para ela.

Correu para o telefone.

A festa anual de Natal de Mama Heddy-Anna estava no auge, com vinho e *grappa* correndo soltos. Todo mundo havia levado um prato preferido, e a mesa estava lotada de comida. Uma velha vitrola tocava antigas canções de Natal, e a cantoria estava no auge.

Quando o telefone tocou, a pessoa mais perto da vitrola levantou a agulha do disco e gritou:

— Silêncio, pessoal!

Alguns dos convidados haviam acrescentado alguns itens à lista de indisposições da Mama, e alguém apontou gentilmente para eles, quando, depois de esperar pelo quinto toque, Mama Heddy-Anna atendeu.

— Aaaa...lllô.

— Mama, como você está? Uma pessoa sonhou que você não estava se sentindo muito bem...

— E ela sonhou certo — disse Heddy-Anna, piscando para os amigos e procurando os óculos para enxergar o que havia sido escrito no quadro.

— Mama, fale mais alto, não estou conseguindo escutar. Você parece estar tão doente...

Heddy-Anna leu do quadro à sua frente.

— Acho que é o meu último Natal — suspirou. Em seguida, improvisou: — A pessoa que sonhou alertou que eu sou uma mulher à beira da morte?

— Mama, não diga isso. Não é verdade. A Vovó viveu até os 103 anos, lembra?

— Ela era uma mulher forte... diferente de mim.

Junior pegou a extensão.

— Mama, alguma coisa piorou?

— Eu vomitei hoje de manhã... porque as minhas gengivas estão muito inchadas... tenho tonturas, vocês não sabem como tenho tonturas... não consigo enxergar direito... espere um pouco... tive a dor no coração de novo... às vezes ela não passa...

Impacientes para que a festa fosse retomada, os amigos de Heddy-Anna começaram a fazer sinal para que ela desligasse.

Ela assentiu.

— Não posso mais falar — lamentou-se —, estou com falta de ar. Preciso descansar. Não acredito que vocês me ligaram tão tarde. Mas o que eu posso esperar de dois filhos que nunca vêm visitar sua Mama?

— Mama, você sabe o quanto nós amamos você — soluçou Eddie.

A resposta foi um clique.

Jewel deu um lenço para Eddie. Junior assou o nariz com força.

Como era de se esperar, Marge e Charlie demonstravam preocupação. Marge levantou-se.

— Desculpem por ter contado. Só achei que talvez fosse melhor vocês saberem, caso queiram ir passar as festas de fim de ano com ela.

Charlie pareceu constrangido.

— Marge, você pode me esperar no carro, por favor? Tem uma coisinha que eu preciso discutir com o Junior e o Eddie.

— Claro — disse Marge, apertando a mão de Junior. — Sinto muito — disse baixinho.

Quando passou por Eddie, beijou-o carinhosamente no rosto.

— Leve Marge até o carro, Jewel, e nos dê alguns minutos — ordenou Junior.

Jewel deu o braço a Marge:

— Vamos lá, querida. Você só estava tentando ajudar.

Quando as duas já não podiam mais ouvir o que eles diziam, Charlie disse, hesitante:

— Por favor, compreendam que a Marge acha que vocês sempre visitaram a Mama Heddy-Anna durante todos esses anos.

— É bom que ela ache isso — disse Junior, agressivo.

Charlie deixou passar.

— Fiquei muito chateado quando a Marge me contou seu sonho. Sabendo das circunstâncias, uma coisa me ocorreu. Talvez seja uma idéia maluca, mas... — fez uma pausa e encolheu os ombros. — Bom, pelo menos quero que vocês saibam. É um jeito de vocês talvez conseguirem visitar sua mãe na véspera do Natal.

— Do que você está falando? — perguntou Junior.

— O que o mosteiro São Estêvão das Montanhas significa para vocês?

— Mosteiro São Estêvão das Montanhas? Ficava na cidade ao lado da nossa, do outro lado da fronteira. Sempre íamos esquiar lá quando éramos crianças. Está fechado desde antes de virmos para cá.

— Achei que talvez vocês tivessem ficado sabendo. Vão reabri-lo como hotel no ano-novo.

— Está brincando — disse Eddie, espantado. — Ninguém nunca podia entrar lá. Mas o que tem ele, afinal?

— Tenho uma prima que é freira e costuma jantar conosco no Natal. Este ano, ela não estará conosco, porque irá participar de uma peregrinação. Sessenta freiras e padres de todo o país vão ficar hospedados no São Estêvão na semana de Natal, antes que o hotel seja aberto para o público.

Os dois estão começando a entender o recado, pensou Charlie ao ver os irmãos trocando olhares pensativos.

— Eles fretaram um avião que sairá amanhã à noite do Aeroporto Teterboro, em Nova Jersey, e pousará na nova pista perto do hotel, que, claro, é do outro lado da fronteira da casa da mãe de vocês.

Charlie hesitou, desejando poder secar a testa, mas não queria parecer nervoso.

— Perguntei à minha prima se havia lugares vagos no vôo, e até hoje de manhã ainda restavam uns quatro ou cinco.

Junior e Eddie se entreolharam.

— Nós poderíamos ir esquiando do mosteiro até a casa da Mama em pouquíssimo tempo — disse Eddie.

Charlie engoliu em seco, consciente de que estava prestes a fazer um gol ou chutar para fora.

— Eu estava pensando que, se vocês dois se vestissem como monges que tivessem feito voto de silêncio, não haveria perigo de alguém descobrir quem vocês são. Imagino que não teriam problemas para conseguir a documentação adequada.

— Nenhum problema — disse Junior, bruscamente. Fez então uma pausa e olhou para o irmão. — Sempre me pareceu muito arriscado voltarmos para casa, mas isso pode funcionar.

— Vou voltar — disse Eddie, com determinação na voz. — Eu nunca mais dormiria se alguma coisa acontecesse a Mama antes de eu ir vê-la de novo.

Charlie franziu o cenho.

— Precisamos agir rápido. Os lugares já podem ter sido ocupados.

— É bom que não tenham sido — vociferou Junior. — Você devia ter nos falado assim que ficou sabendo deles.

Charlie pegou o celular.

— Não, ligue do nosso telefone. Ponha em viva voz — ordenou Júnior.

— Claro.

— Convento St. Mary — atendeu uma suave voz feminina. — Irmã Joseph às suas ordens.

— Irmã Joseph, aqui é Charlie Santoli, primo da Irmã Margaret.

— Ah, sim. Como vai, Sr. Santoli?

— Bem, obrigado. A Irmã Margaret está?

— Não, sinto muito. Ela está fazendo compras de última hora para a viagem. Fomos aconselhados a levar mais blusões ou mantas.

Os irmãos olharam para Charlie:

— Pergunte a ela — disse Junior, impaciente.

— Irmã, a senhora por acaso sabe se o vôo para o São Estêvão já está lotado?

— Acho que sim, mas deixe-me dar uma olhada.

— Tem que ter lugar — sussurrou Eddie, fechando e abrindo os punhos.

— Pronto, Sr. Santoli. Eu estava certa. Estávamos lotados, mas acabamos de ter dois cancelamentos. Uma das nossas irmãs mais velhas não está muito bem para fazer um vôo tão longo, de modo que ela e sua acompanhante ficarão em casa.

— É bom que ela não se recupere rápido — rosnou Júnior. — Reserve esses dois lugares para nós.

Do outro lado da linha, a agente do FBI Susan White, que estava há horas no convento esperando pela ligação, fez sinal de positivo para Rich Meyers.

Então começou a escrever:

— Irmão Stanilas e Irmão Casper...

Marge e Charlie estavam maravilhosos, pensou Sterling, sorrindo de orelha a orelha ao se dar conta de que a primeira fase do plano havia transcorrido à perfeição.

Marissa, nós vamos conseguir, pensou.

— Boa noite, Marissa — disse Denise, ao cobrir a filha e inclinar-se para lhe dar um beijo.

— Boa noite, Mamãe. Não vejo a hora de acordar amanhã. É meu aniversário e véspera do Natal.

— Nós vamos nos divertir muito — prometeu Denise ao desligar a luz.

No andar de baixo, juntou-se a Roy, que estava secando as panelas.

— Está todo mundo na cama? — perguntou ele, alegremente.

— Sim, mas é estranho. Achei que a Marissa estaria chateada esta noite, mas ela parece estar empolgada e feliz, como se estivesse esperando por um milagre, como se Billy e Nor fossem estar aqui amanhã.

— Então ela vai acabar sofrendo uma decepção terrível — disse Roy, cheio de tristeza, ao dobrar o pano de prato.

— Consegui tudo de que eles precisam — disse Charlie, nervoso. — Os hábitos de monge, as sandálias, os livros de oração, as malas... Daquelas de fivelas, como as dos irmãos que fazem votos de pobreza e os cumprem.

Ele, Marge e Sterling estavam sentados na sala de estar dos Santoli, tensos com a possibilidade de os irmãos Badgetts suspeitarem de alguma coisa antes que o vôo fretado da peregrinação decolasse.

— E os passaportes deles? — perguntou Marge. — Alguma probabilidade de haver qualquer problema com eles?

— Falsificações de primeira qualidade — respondeu Charlie. — Eles próprios cuidaram disso.

— Como eles pretendem ir até Teterboro? — perguntou Marge, nervosa. — Espero que não usem aquela limusine espalhafatosa.

— Eles irão de limusine até Nova York, para uma das lavanderias deles que está fechada. Lá, farão a baldeação para um daqueles serviços baratos de transporte para o aeroporto.

Eram 23h55. O avião iria decolar à meia-noite.

— Não sei. Aqueles dois têm um sexto sentido — gemeu Charlie. — Se no último minuto eles descobrirem que foi tudo uma armação e não entrarem no avião, sou um homem morto.

— Você notou antes algum sinal de que eles suspeitavam de alguma coisa? — perguntou Marge, rasgando nervosamente um guardanapo de papel.

— Nenhum. Sou o novo melhor amigo deles. Não esqueça que sou eu quem os está levando para casa para ver a Mama.

Se isso não funcionar, será minha a culpa de ter feito a sugestão, pensou Sterling com uma pontada de culpa.

O toque do telefone fez todos darem um salto.

Charlie agarrou o aparelho.

— Alô.

— Sr. Santoli?

— Sim.

— Aqui é Rich Meyers. O senhor vai gostar de saber que um certo avião fretado acabou de decolar, com os irmãos Stanislas e Casper a bordo.

O sorriso aliviado de Charlie disse a Marge e Sterling o que eles precisavam saber.

— Eles deverão pousar na Valônia dentro de oito horas. A polícia de lá está à espera deles para prendê-los. Nossos agentes a bordo tirarão as roupas clericais e voltarão para casa logo depois que a aeronave reabastecer.

Charlie sentiu como se um peso de duas toneladas tivesse saído de seus ombros.

— Imagino que vocês vão querer ouvir outros depoimentos meus.

— Na semana que vem. Aproveite as festas. Sei que irá cooperar conosco. — Meyers fez uma pausa. — Não se preocupe muito, Sr. Santoli. Acho que sabe o que eu quero dizer.

— Obrigado — disse Charlie, baixinho.

Sterling levantou-se.

— Vai dar tudo certo — disse. — Você vai ficar muito bem, Charlie. É um bom homem. Agora preciso deixá-los.

— Sterling, como podemos agradecer? — perguntou Marge.

— Nem pensem em me agradecer. Só usem o tempo de vocês aqui na Terra com sabedoria. Acreditem, ele passa muito rápido.

Marge e Charlie entrelaçaram as mãos.

— Nunca vamos esquecê-lo — sussurrou Marge.

— Nunca — repetiu Charlie com fervor.

— Vamos nos encontrar novamente. Tenho certeza disso — disse Sterling ao desaparecer.

— Falta muito? Esta roupa está pinicando — reclamou Eddie, sendo imediatamente recompensado com uma cotovelada de Junior nas costelas.

Junior pegou um bloco no bolso e escreveu: "Voto de silêncio. Cale a boca. Falta pouco."

Naquele instante, a voz da comissária de bordo saiu dos alto-falantes.

— Pousaremos no aeroporto Mosteiro em vinte minutos... — Seguiram-se as instruções de costume.

Eddie estava tremendo de emoção e não cabia em si de alegria. Mama Heddy-Anna! Estou chegando, Mama!, pensou.

Junior não sabia exatamente quando começara a sensação de afundamento. Olhou pela janela e estreitou os olhos. Estava nublado, e o avião começou a descer, com uma neve fraca batendo nas janelas.

Ele dobrou o pescoço, estreitou os olhos novamente e viu o mosteiro e a pista de pouso ao lado. Está tudo bem, pensou. Por um instante, tive a sensação de que Santoli podia ter nos enganado.

Então ouviu novamente a voz da comissária.

— Acabamos de ser informados de que, devido ao tempo extremamente frio, não poderemos pousar no aeroporto Mosteiro. Assim sendo, pousaremos no aeroporto da cidade de Valônia, a cinqüenta quilômetros de distância.

Junior e Eddie se entreolharam. Eddie empurrou o capuz da roupa para trás.

— Que que você acha disso?

CALE A BOCA, rabiscou Junior furiosamente.

— Vocês serão imediatamente transportados de ônibus até o Mosteiro São Estêvão — trinou alegremente a comissária. — Lamentamos por esta inconveniência, mas sua segurança é a nossa primeira preocupação.

— Como vamos fazer para passar pela imigração? — tentou sussurrar Eddie sem sucesso. — Está tudo bem com os passaportes, mesmo que eles os examinem com alguma luz especial ou coisa parecida?

CALE A BOCA, rabiscou Junior. Talvez esteja tudo bem, pensou. Talvez não haja problema. Olhou ao redor, examinando os rostos dos demais passageiros. A maior parte deles estava concentrada nos livros de oração.

ESTÁ TUDO BEM COM OS PASSAPORTES, escreveu. É A SUA BOCA GRANDE QUE ME PREOCUPA.

Eddie inclinou-se por cima dele para olhar pela janela.

— Estamos acima da montanha. Olhe! Lá está a cidade. Olhe! Aposto que consigo ver a casa da Mama.

Eles estava aumentando o tom da voz. Para encobri-la, Junior começou a tossir violentamente. No instante seguinte, a aeromoça estava ao seu lado, oferecendo um copo d'água.

Preciso de uma bebida, pensou enlouquecido. Se voltarmos para Long Island, vou partir Charlie Santoli aos pedaços, membro por membro.

O avião aterrissou e taxiou até parar a uma boa distância do terminal. O que Junior e Eddie viram na pista fez com que os dois ficassem mais mudos do que qualquer voto de silêncio seria capaz.

No meio de dezenas de policiais uniformizados da Valônia, uma única pessoa pulava para cima e para baixo, acenando animadamente.

Mama Heddy-Anna.

Junior sacudiu a cabeça.

— Ela não parece estar morrendo.

Eddie parecia intrigado.

— Ela parece tão saudável. Não acredito nisso.

— Fizemos esta viagem por nada, e agora vamos passar o resto da vida na cadeia.

A porta do avião se abriu, e quatro policiais correram pelo corredor. Junior e Eddie foram convidados a sair de seus assentos e botar as mãos nas costas. Enquanto os dois eram levados para fora, os demais passageiros começaram a tirar os terços e os véus de freira e desandaram a aplaudir espontaneamente.

Ao final da escada, foram envolvidos num abraço de urso de Mama Heddy-Anna.

— Esses gentis policiais me procuraram. Disseram que vocês estavam vindo para casa de surpresa. Sei que estão encrencados, mas tenho boas notícias! O Papa acabou de virar chefão na prisão em que vocês ficarão a partir de agora. — Ela sorriu, radiante. — Meus três garotos juntos, sãos e salvos, onde posso visitá-los todas as semanas.

— Mama — soluçou Eddie deitando a cabeça no ombro dela. — Eu me preocupei tanto com você quando estava longe. Como você está?

— Nunca estive melhor — disse Heddy-Anna, dando tapinhas nas costas dele.

Junior pensou na propriedade em Long Island, na limusine, no dinheiro, no poder e em Jewel, que sabia que estaria de namorado novo em duas semanas. Enquanto Eddie chacoalhava os ombros, emocionado, tudo o que Junior conseguia pensar era: Como pude ser tão burro?

Na manhã da véspera do Natal, Billy e Nor estavam fazendo hora diante do café da manhã que nenhum dos dois tivera vontade de tocar. A realidade perturbadora de que o dia era véspera do Natal e aniversário de oito anos de Marissa pairava sobre eles como um cobertor de dor pesado e opressor.

O toque repentino da campainha assustou os dois. Billy correu para atender.

Um radiante policial Frank Smith surgiu como um trovão:

— Peguem só o necessário. Vocês têm reservas para o vôo do 12h40 para Nova York, e, se quiserem pegá-lo, não têm um minuto a perder.

Na véspera de Natal, o Nor's Place costumava ter um considerável fluxo de clientes. Alguns eram compradores de última hora, que paravam para comer alguma coisa rápida. Outros, mais organizados, iam até lá para um almoço tranqüilo antes de começarem as celebrações religiosas e familiares.

Hoje isso aqui está simplesmente um terror, pensou Dennis, olhando para o restaurante de trás do bar. Sacudiu a cabeça. Pelo menos Nor havia concordado que não fazia sentido abrir no dia de Natal.

— Acho que tem razão, Dennis — admitira ela. — Só dez reservas! Essas pessoas vão ficar melhor num lugar com um pouco de vida.

Estamos praticamente no fim da linha, pensou Dennis ao receber o pedido de uma única cerveja.

Nesse exato momento, o telefone do bar tocou, e ele atendeu.

— Dennis! — Era a voz de Nor, alegre e animada. — Estamos no aeroporto, a caminho de casa. Estamos livres. Os irmãos Badgetts se deram mal, foram presos para sempre — disse ela, exultante. — Compre um bolo para o aniversário de Marissa hoje à noite e ligue para os nossos clientes usuais do Natal. Diga que será por conta da casa. Mas não deixe Marissa saber! Queremos surpreendê-la.

A partir do instante em que abriu os olhos na véspera do Natal e sussurrou para si mesma "Hoje eu faço 8 anos", Marissa começou a deixar de acreditar que Sterling conseguiria trazer o Papai e a NorNor de volta. Estava segura de que os dois estariam lá quando acordasse, mas agora se deu conta de que seria como em todas as outras vezes.

Ela havia prometido a si mesma que eles voltariam para a Páscoa, mas eles não voltaram. Então teve certeza de que eles voltariam para as férias de verão... Depois, quando as aulas recomeçaram em setembro... E então no feriado de Ação de Graças...

Vai ser tudo igual hoje de novo, pensou ao se levantar e vestir o roupão de banho. Seus olhos ficavam se enchendo de lágrimas, mas ela os apertava com as mãos. Tentando pôr um sorriso nos lábios, desceu para o primeiro andar.

Sua mãe, Roy e os gêmeos já estavam à mesa da cozinha. Todos começaram a cantar "Parabéns pra você" quando a viram. Também havia presentes ao lado da sua tigela de cereal: um relógio novo, livros e CDs da Mamãe, do Roy e dos gêmeos, e um blusão da Vovó. Então ela abriu as duas últimas caixas: patins de gelo do Papai e uma nova roupa de patinação da NorNor.

Agora teve certeza absoluta de que eles não voltariam hoje. Se fossem voltar, por que não esperariam para dar os presentes depois de vê-la?

Depois do café da manhã, Marissa levou todos os presentes para cima. Quando chegou ao quarto, arrastou a cadeira da escrivaninha até o armário e ficou de pé em cima dela. Pegou as caixas com os patins e a roupa nova e guardou-as na prateleira de cima. Então, com a ponta dos dedos, empurrou-as o mais para trás que pôde, até que não pudesse mais vê-las.

Nunca mais queria olhar para elas novamente.

Às 11 horas, estava na sala de estar, lendo um de seus livros novos, quando o telefone tocou. Embora seu coração tenha parado quando ela ouviu a Mamãe dizer "Olá, Billy", ainda assim não levantou a cabeça.

Mas então a Mamãe veio correndo até ela e não lhe deu a chance de dizer "Não quero falar com o Papai" antes de o telefone estar no ouvido dela, com o Papai gritando:

— Rissa, quer ir ao Nor's Place para o seu jantar de aniversário? Estamos indo para casa!

Marissa sussurrou:

— Ah, Papai.

Estava tão exultante de felicidade que não conseguiu dizer mais nada. Então sentiu alguém dando tapinhas em sua cabeça. Olhou para cima, e lá estava ele — o amigo que usava um chapéu esquisito e que não era exatamente um anjo. Estava sorrindo para ela.

— Adeus, Marissa — disse ele, desaparecendo em seguida.

Deslumbrada, Marissa subiu a escada até o quarto, fechou a porta, puxou a cadeira e ficou nas pontas dos pés para resgatar os presentes que havia empurrado para longe. Mas quando puxou as caixas para baixo, uma coisa caiu da prateleira em frente aos seus pés.

Foi até o chão e ficou olhando para o pequeno enfeite de Natal que nunca tinha visto antes. Era um anjo vestido exatamente como seu amigo.

— Você tem o mesmo chapéu esquisito — sussurrou ao juntá-lo e beijá-lo.

Segurando o enfeite perto do rosto, olhou para o céu pela janela.

— Você me disse que não era exatamente um anjo — disse, baixinho. — Mas eu sei que você é um anjo. Obrigada por cumprir a promessa de me ajudar. Eu amo você.

Quando Sterling entrou na sala de reuniões do Conselho Celestial e viu os olhares de aprovação no rosto dos santos, soube que havia cumprido sua tarefa a contento.

— Vou lhe dizer, foi muito emocionante — disse o almirante com uma delicadeza pouco característica.

— Você viu o rosto daquela criança? — suspirou a freira. — Brilhou com a maior felicidade possível na Terra.

— Não pude deixar de ficar até ver Marissa no colo do pai — explicou Sterling. — Então voltei até o Nor's Place com eles. Que festa de aniversário maravilhosa foi aquela. Como vocês sabem, a notícia de que os dois haviam voltado se espalhou por toda a cidade, e todo mundo passou por lá para dar as boas-vindas.

— Meus olhos se encheram de lágrimas quando Billy cantou a música que compôs para Marissa — observou a rainha.

— Uma certeza absoluta de sucesso — declarou o toureiro.

— Como vocês sabem, ele vai gravar aquela e outras canções que compôs enquanto estava afastado — disse Sterling. — Foi um ano muito doloroso, mas ele soube usá-lo bem.

— Assim como você — disse o pastor, baixinho.

— Sim, de fato. Certamente — murmuraram todos, assentindo.

— Você não apenas encontrou alguém para ajudar e usou a cabeça para pensar numa solução para o problema dela, como também usou o coração — disse o santo indígena, demonstrando estar evidentemente orgulhoso de Sterling.

— E você ainda salvou Charlie Santoli da vida destrutiva que vinha levando — acrescentou a freira.

Houve uma pausa.

Então o monge se levantou.

— Sterling, a celebração do nascimento do nosso Salvador está prestes a começar. O conselho julgou que você fez por merecer não apenas uma visita ao céu, como a sua estada permanente nele. Está na hora de o guiarmos para além dos portões. — Virou-se para a porta.

— Esperem um minuto — disse Sterling. — Preciso perguntar uma coisa a vocês.

O monge o encarou.

— O que você poderia ter para nos perguntar neste momento?

— Sou profundamente grato a todos. Como sabem, desejo muito ir para o céu. Mas gostei tanto dessa experiência, que, com a permissão de vocês, gostaria de voltar à Terra todos os Natais para encontrar alguém que precise de ajuda. Nunca imaginei que fosse tão boa a sensação de fazer alguma diferença nas vidas de outras pessoas.

— Fazer outras pessoas felizes é uma das grandes alegrias da condição humana — disse-lhe o monge. — Você aprendeu a lição além do que imaginávamos. Agora, venha conosco.

*

Quando se aproximaram, os portões celestiais se abriram completamente diante deles, revelando uma luz mais brilhante do que a de duzentos sóis, mais brilhante do que qualquer coisa que Sterling pudesse ter algum dia imaginado. Uma profunda paz interior tomou conta do seu ser, e ele começou a caminhar na direção da luz. Era parte da luz. O Conselho Celestial abriu caminho, e ele continuou seguindo em frente, lenta e respeitosamente. Tinha consciência de que havia um grande grupo de pessoas reunido.

Sentiu uma mão tocando a sua.

— Sterling, deixe-me ir com você.

Era Annie.

— Os outros recém-chegados estão logo à sua frente — sussurrou ela. — Todos eles vieram juntos. Suas vidas terminaram de modo trágico, e embora tenham encontrado a felicidade eterna, estão profundamente preocupados com os parentes e amigos que deixaram para trás. Mas encontrarão meios de enviar ajuda e conforto a todos.

Annie fez uma pausa.

— Ouça, a celebração está começando.

A música encheu o ar e elevou-se para um crescendo. Com os anjos e santos e todas as outras almas do céu, Sterling levantou a voz e cantou, enquanto caminhava na direção da luz.

— *Glory to the newborn king...**

---

*Glórias ao rei recém-nascido. (*N. da T.*)

Este livro foi composto na tipologia Minion, em corpo
11,5/16, e impresso em papel off-white 80g/m²,
no Sistema Cameron da Divisão Gráfica
da Distribuidora Record.